빛나는 단도
정철훈 시집

문학동네시인선 053 정철훈

빛나는 단도

시인의 말

내게 뭔가 들이닥친 걸까요. 지나간다, 는 말에 문제 있습니까. 골목길에서 뛰어노는 아이들을 보면 한 명 한 명 째깍거리는 시한폭탄처럼 느껴집니다. 우연과 필연으로 타오르는 운명의 폭탄 말이죠. 어디서 왔는지는 보이지 않고 어디로 가는지 또한 아무도 모릅니다. 시간이 앞으로만 진행하는 한, 우리는 모두 지나갈 뿐입니다. 단 한 번 살기에 세상이, 혹은 시간이 볼 수 있게 피를 묻히는 것이겠죠. 나는 그것을 언어의 피, 시의 피라고 생각합니다. 내게 뭔가 들이닥친 걸까요. 지나간다, 는 말에 문제 있습니까.

2014년 봄
정철훈

차례

3부

4부

1부

나는 오리 농장을 견학하는 눈을 뜨고

지하철 문이 열리고 까만 파카를 입은 사내들이
희희낙락 쏟아져들어올 때
하얀 오리털 하나가 허공으로 높이 치솟았다가
천천히 떨어진다

내 영혼이 보이는 것처럼
개에게 쫓기던 오리떼에게서 날아온 것처럼

어느 오리 농장에서 왔는지 태생조차 모르는
하얗게 희번덕거리다가 그만 맥을 놓아버리는 이 장면을
오래전에 본 적이 있다

무장 군인들이 몽둥이를 들고 시민들을 마구 패던 그날도
오리털은 날렸다
지금 예멘과 리비아와 북아프리카의 시위대를 진압하는
TV화면에서도
오리털은 날린다

세상은 거대한 오리 농장
몸집 불린 군인들은 활개를 치는데
나는 흔들리며 가면서 오리 농장을 견학하는 눈을 뜨고
세상 같은 건 안중에 없다는 듯
오리털 몇 개가 다시 날아오른다

오리털은 나의 영혼
위로받지 못하는 것들은 스스로 이렇게 날아오른다
내가 나를 멀리 날려보낸다는 것
날아가면서 이 세상이 볼 수 있도록 피를 묻힌다는 것

영혼이란 게 있다면
영혼은 사람의 눈에 띄는 걸 아주 싫어한다 해도
내 눈에는 오리털이 폭설처럼 날리고 있다

증발하는 조카

대학 휴학중인 조카를
서강대교 근처 빵집에서 만났다
조카를 밖에서 따로 만난 건 처음이다

내가 만난 조카는
과거의 조카이거나 미래의 조카이거나
혹은 동시에 존재하는 둘 다이기도 했다

빵집에서
조카는 빵이며 냉커피였고
혹은 초콜릿을 듬뿍 바른 생일 케이크였다

동시성으로 말하자면
방금 전 내가 버스로 건너온
서강대교도 조카요
길 맞은편에 좌판을 벌인
중년 아낙의 하품도 조카다

나는 대흥동 길거리에서
조카가 나를 발견하고 손짓하는 한 번의 몸짓에서
모든 것을 발견하고 만다

정작 빵집에서 잡담을 나눌 때

모든 것은 숨어 있다가도
빵집에서 나와 지하철역으로 내려가는
조카의 뒷모습에서
모든 것은 재발견되고
내가 버스 정류장으로 발걸음을 옮기는 순간
모든 것은 무참히 사라지고 만다

내 앞에 나타났다가 사라진 조카를
내가 만나는 동안의 조카보다
더 선명하게 기억하는 것은
전날 저녁 소주 한 병에 맥주 세 병을 섞어 마신
숙취의 뒤끝이어서가 아니다

4월의 대기 속에는 존재를 증발시키는 힘이
무시로 춤을 추노니
조카 역시 그렇게 나를 발견하고 나를 지우며
지하철역으로 총총히 사라져갔다

칼

―김치 좀더 썰어올까
캄캄한 밤, 깨진 유리창을 초록 테이프로 막은 창문에서
아낙의 목소리가 새어나온다
젓가락 소리로 보아 아이들은 셋이다

김치보시기를 들고 부엌으로 간 아낙이
칼을 잡고 얼음살 박힌 김치를 썰 때
칼은 벌써 영원을 자르고 있다
아버지의 인기척은 없다

칼과 김치와 귀가하지 않은 아버지의 밤이
삼종의 기도처럼 창문을 뚫고
바깥의 어둠으로 스민다
나는 바깥에서 안쪽으로 스며들고 싶은 서성거림이다

창문은 그렇게나 무방비다
안에 있는 게 아무것도 아니라 한들
나는 안에 갇혀 있다
아낙이 가져온 김치보시기에
다시 젓가락을 담그는 아이들

왜 창가에 내 모르는
그 집 아버지의 그림자가 불현듯 비치는 것인지

눈물이 찔끔 나오는 창가에 한참을 붙어 서 있다

무효

노모와 통화하다가 사소한 말다툼 끝에 전화를 끊은 후
라든지
아내가 눈을 마주치지 않고 딴청 하며 내 말을 귀담아듣
지 않을 때라든지
시선이 내 등뒤의 차창 너머 하늘에 꽂혀 있는 그런 지점
에서는

초겨울 한적한 골목길을 걷다 내뿜는
하얀 입김 냄새가 난다

내가 뿜었는지 다른 사람이 뿜었는지 알 수 없는
고적한 수증기들

셋째가 막내와 틀어져 벌써 일 년이나 말도 섞지 않고 산
다는
아침나절, 어머니와의 통화를
늦은 오후쯤으로 물릴 수 있다면

국은 식었고 밥은 말라가고
내 안의 나도 식어가는 식탁을 물끄러미 바라보다
입안엔 아직 삼키지 못한 내가 한가득 들어차서
딱히 그럴 용기도 방법도 없지만

한번 물려봤으면

나는 나로부터 좀더 아득해지고 싶은데
요즘은 그냥 흘려버릴 사소한 것들이 모두 가슴에 들어
차서
바위가 되어 앉아 있다

오래전 어느 해 내 국가의 시민은 나뿐이었을 때
나는 깃털처럼 가벼웠으니
이 세상을 지었다가 부수는
나의 힘이 무지와 몽매에서 나왔다 하더라도
어머니도 물리고 아내도 물리고 형제도 물려봤으면

고적한 입김만 하얗게 엉키는 아침 식탁
식탁엔 아직 세상이 태어나지도 않았다

눈물이라는 말의 탄생

오늘은 이상한 날이다
거리에서도 전철에서도 사람들은 모두
입을 벌려 떠들고 있지만 나는
아무것도 알아들을 수 없다

하루가 끝나기 전까지
알아들을 수 없는 말들을 더 들어야 할 것이다
내가 저물고 있는 것인지
세상이 저물고 있는 것인지 알 수 없다

전철에서 쏟아져나온 사람들의 무릎에서
기억자가 읽히다가 사라진다
기억에서 그리움이란 말이 떠오르고
인간은 그리움이다, 라는 말이 성립되려다 말고
휴지통에 버려진다

사람들이 하루종일 지껄인 말들이 버려지는
공동묘지가 있는 것 같다
전철이 지나갈 때마다 교각은
이미 폐기처분된 말들을 털어내려는 듯 진동한다

밖은 속수무책 어두워지고
삼지창에 뿔 달린 악마가 휴지통을 뒤져

죽은 언어를 부리며 놀다가 그걸
사람의 혀에 올려놓고
어떻게 발음하는지 지켜보고 있는 것 같다

내가 사람의 말을 알아듣지 못하는 이유가
내게 술을 권한다
사람과 사람, 말과 말 사이에 물기가 묻어 있다
그리고 알아듣지 못하는 수많은 말 가운데
나에게 돌아오는 것이 있다

—눈물, 그리고 눈물 속을 드나드는 사람아, 라고
속으로 읊조리다가 알게 된다
그 대상 없는 말이 오래도록 내 안에 잠겨 있다가
왜 가슴을 밟고 지나가는지
아니면 나는 그것이 악마의 언어학이라고 생각한다

악마가 내 등뒤에서 미소를 머금고 있을지라도
그 말은 영혼을 간직하고 있어
마침내 주인을 찾아간다는 그런 것
아니면 나는 침묵 속에 이렇게나 많은 말들이
눈물이 되려고 웅얼거리고 있다고 생각한다

손풍금 소리

아침에 전철에서 닥터 지바고 뮤지컬 광고를 본 순간
귓가에 라라의 테마곡이 맴돌더니
다닥다닥 붙어 서 있는 승객들이 자작나무로 보이기 시
작한다
홀로 있으면 초라해 보이다가도 군락을 지으면 금세 늠
름해지며
혁명의 냄새를 피운다는 그 자작나무

어디선가 손풍금 소리 들려온다
귀에 착착 접혀들어오는 손풍금 소리
손풍금이 혼자 풀무질을 해서 바람에 실려보낸 것인지
가만히 귀기울이면 나를 부르고 있다

대체 날 부르는 이 누구
성가시구나, 장탄식이 나오기 직전
전철은 빠르게 미끄러지고
그리 멀지 않은 마을에선 무슨 축제라도 열린 모양이다

차창에 비친 내 눈동자엔 장작불이 타오르고
나는 라라의 잘록한 허리를 감싼 채 빙글빙글 돌고 있다
설원에서도 피비린내를 맡는다는 그런 청춘
청춘은 지나갔다
다만 생활만 부글부글 끓고 있는 이 중년의 사내를

부르는 자 누군가

머릿속으로 온갖 생각이 지나가고 있다
나는 늠름한 한 그루 나무도 되지 못했다
나 때문에 뜨거운 눈물을 흘렸던 사람들
―네가 꼭 돌아올 것이라고 믿는다
어머니로부터 온 편지와
울면서 전화를 끊은 아내의 목소리가
라라의 테마곡에 섞여들고 있다

내가 이 순간 살아 있기까지
두 여인이 흘린 눈물을 밟고 지나왔음이니
나는 안다
이 지독한 후회가 인간 저편의
대기를 쥐어뜯으며 공명하고 있다는 것을

모스크바로 페테르부르크로 볼고그라드로 자고르스크로
수즈달로
싸돌아다니던 시절엔 한 번도 들리지 않다가
모든 추억을 제치고 불쑥 자라오른 손풍금 소리

언젠가 석양 무렵에 모스크바 근교를 지나다 문득 차를
세운 뒤

헤치고 들어간 억새밭 너머
농촌 마을에서 들려오던 손풍금 소리는
먼 미래에 내가 울먹이게 될 거라는 예언이었다

곡조는 점점 빨라지고 모닥불은 더욱 거세게 타오르고
시간은 다시 손풍금 속으로 빨려들어간다

한 번의 지옥과 세 번의 비가(悲歌)

내 아름다운 지옥은 스무 살 무렵이다
북으로 간 형들의 생사를 몰라 고통받던 아버지와
담판을 짓던 날은
오늘처럼 비가 내렸다

나는 빗소리에 목소리를 섞으며 말한다
—사망 신고를 하고 호적을 정리하겠습니다
—살았는지 죽었는지 모르는데 어찌 사망 신고를 한단 말
이냐
나는 악마의 혀로 대답한다
—제가 알아서 처리할게요

세 명의 백부들은 그렇게 내 손 안에서 죽어갔다
호적 정리만이 아니다
우리는 매일매일 살아 있는 것들을 죽인다

두 사람은 광주법원에서, 또 한 사람은 전주법원에서
그들이 남긴 마지막 주소지의 관할 법원
실종 신고 후 이의가 제기되지 않았으므로
사망 처리한다는 통지서를 받아들고
나는 마른 눈물 한 방울 떨구지 않았다

악마가 내게 와서 큰일을 해냈다고 속삭일 때

—　　호적등본의 붉은 빗금이 쳐진 세 명의 이름 아래
　　　나의 이름이 아무도 돌보지 않는 무덤처럼 초라하게 새
　　겨져 있었다

　　　호적을 정리하고 독생자가 되라고 종용하는
　　　악마의 얼굴을 나는 가끔 거울 속에서 만난다
　　　거울 속에는 늘 비가 내린다

　　　나를 잊지 말라는 물망초의 비가
　　　나를 죽이지 말라는 백부들의 비가
　　　피보다 진한 것은 없다는 혈육의 비가

　　　7년 뒤 세 명의 백부 가운데 한 사람이 돌아왔을 때
　　　그는 살아 있는 게 아니었다
　　　관뚜껑을 열고 돌아온 유령
　　　그때부터 난 매일매일 관뚜껑을 열고 그 속에 들어가 눕
　　는다
　　　그러면 어김없이 세 유령이 나타나 관뚜껑에 대못을 친다

　　　나는 손톱으로 관뚜껑을 긁으며 쓴다
　　　—천사는 천지창조 이후 떠나고 없는 존재이므로 악마만
　　이 나의 선(善)이다
　　　내 손톱엔 늘 피가 묻어 있고
　　—

손톱을 깎을 때마다 악마의 웃음소리를 듣는다

감청색 벨벳 치마의 추억

어제 아침 출근길에 만원 버스에 오르다가 계단참에 겨우 매달려 있는 처자의 엉덩이와 내 엉덩이가 맞닿은 무안한 1분이 영원처럼 길게 감겨온다

처자의 감청색 벨벳 치마에서 오래전 유행했던 월남치마를 떠올릴 때 승객들에게 떠밀려 내 엉덩이에 더욱 밀착해 들어오며 안절부절못하는 처자의 뜨거운 날숨이 '이거 어떡해요', 라는 어색한 발음과 함께 내 코로 흡입되는 순간, 십중팔구 30년 전쟁에서 살아남은 어느 베트남 전사의 딸일 거라는 생각이 스치던 것인데 하기사 옷깃 한번 스친 게 부부의 연보다 질길 수 있는 거다

그 야릇한 포즈 속에서 연기론(緣起論)을 떠올리며 오히려 인연을 완전히 소진해버린 삶의 바깥에 또다른 내가 있을 것이라고 강짜를 부려보는 것이다

연기론의 균열 속에서 내 몸은 두 개, 세 개로 짜개진다
그건 그토록 비좁은 버스 안에서 서로의 엉덩이가 맞닿은 측은한 부자유와 상관되어 있을 터
게다가 생활 자체가 질식인 현실이라면 애초에 행복해지려고 짝을 이룬다는 결혼의 전제가 모순인 것이다
나는 모순과 더불어 곧장 처자의 고향 마을로 날아간다

내가 외국인 관광객 틈에 끼어 비단뱀을 부리고 있는 처자의 아버지를 지켜볼 때 그는 내 목에 비단뱀을 걸쳐주며 호탕하게 웃었다

상상 속에서 본 것을 믿어야 할지, 설령 만원 버스라고 할지라도 버스는 텅 비어 있는 인연의 공간일 뿐이고 처자의 아버지가 비단뱀을 부리고 있었는지, 비단을 팔고 있었는지 여전히 확신하지 못한다고 하더라도 감청색 벨벳 치마의 엉덩이와 내 엉덩이가 맞닿은 채 수많은 신호등을 지나 시내로 진입하는 이 모든 게 연기론 때문이라면 아, 나는 시선이 사발팔방으로 흩어지는 사팔뜨기 눈을 들키지 않기 위해서라도 색안경을 써야겠다

모스크바 베르나드스코보 37번지

꽁꽁 얼린 개다리가 몇 겹 비닐에 싸여 있다
타슈켄트에서 공수해온 개다리
붉은 고깃덩이가 핏물을 흘리며 자신의 존재를 주장하
는 동안
개다리를 배달한 칠십대 재소 한인은 주방에서 차를 홀
짝인다

어머니가 한때 볼쇼이발레단 무대 의상을 만들던 재봉틀
의 명인이었다고
쓸쓸히 웃을 때
지상에 없는 어머니로 인해 그의 존재도 빛나 보였다

모스크바 베르나드스코보 37번지 기숙사 14층을 불어가
는 바람이
때로는 웅얼거림으로 때로는 흐느낌으로 들려올 때
나는 욕실에 개다리를 내려놓고
수도꼭지를 한껏 튼다

입에 침이 고인다
이미 생을 초월한 개가 그와 나 사이에서 컹컹 짖고 있
었고
피의 열매로서의 개다리가 욕실에서 핏물을 빼고 있었다

그는 지치고 늙어 보였다
그를 배웅하고 돌아와 개다리를 쳐다보는데
왜 우리가 지금까지 살아 있어야 하는지

이따금 모스크바의 재봉틀 소리가 들리고
핏물에 잠긴 타슈켄트의 개다리에 내 얼굴이 붙어 있다

이별의 기술

일회용 종이컵이 엎어진 채
내용물을 쏟아내고 있다
내용물은 경사면을 따라 길고 느리게 흐른다
흥건하게 젖어 나를 따라오는 흐름 혹은 흐느낌

내 뱃속에서 끄집어낸 창자 같다
고통을 느끼지 못할 만큼
길고 느리게 창자를 끄집어내는 기술이란 이런 것이다

지상에서 사라지기 전
끊어지지 않는 하나의 흐름으로 지상을 까맣게 적시는
저 이별의 방식

창자를 떠올린다고 해서
억눌린 잠재의식의 내면 같은 용어를 들이댈 필요는 없
을 것이다
그렇더라도 엎어진 컵이며 흘러내린 내용물이
왜 사람으로 느껴지는 것일까

내 안에 살고 있는 누군가가 배를 갈라 창자라도 쏟았단
말인가
나는 생애를 걸고 누군가를 사랑한 적 있던가
내 생애 위에 누군가를 올려놓은 적 있던가

그게 아니라면 컵과 컵이 쏟아놓은 내용물에서
왜 사람과 사람의 창자가 느껴진단 말인가
내가 사람이기를 갈구하기에?

그런 건 아닐 텐데 혹시
사람이 나를 갈구하고 있단 것인가
쏟아진 것은 대체 무엇이란 말인가

나는 흐름과 흐느낌이라는 창자를
다시 몸속에 쑤셔넣고
날 따라오는 내용물을 내려다본다

아무 이유도 없이 담겨 있다가
원망도 절규도 없이 쏟아져내린
저 이별의 기술

표류하는 것들과 함께

부침개가 지져지는 동안
현기증을 느끼는 것은
냄새 때문이거나 혹은 냄새 때문이 아니다

차림표에 적혀 있는
부추와 고추와 생굴과 김치라는 이름에서
휘발되는 사물의 본성

노릿노릿 지져지고 있는 그 가짓수 속에
나라는 존재가 함께 섞여 있다는 생각이 드는 것인데
무엇을 고를까 하는 선택의 순간이 왔을 때조차
나는 그들을 선택하는 게 아니다
그들에 의해 선택될 뿐이다

누군가로부터 사랑한다는 말을 들었을 때
그 말이 차림표에 있는 이름처럼
얼마나 먼 곳에서 왔는지를 생각한다

나를 흔들어놓는 것은
그렇게나 멀리 있는 사물이며 사물들의 이름이다
누군가의 입과 목구멍을 향해 표류하고 있는 이 지순한
사물들

그것은 부추와 고추와 생굴과 김치처럼

너무도 순한 본성이어서

그 사물들과 함께 영원히 표류하고 있다는 생각이 드는
것이다

단둥으로 가는 물통씨

단둥으로 간다
장춘에서 심양을 거쳐
사람을 찾아서, 백석이라는 시인
9월 햇살에 들판은 깜박 졸고 나는
침대기차 선반 위 물통에게 말을 건다

언제부터 그곳에 있었는지 알 수 없는 물통
입이 살짝 튀어나왔지만 과묵하게 생긴 물통
외로울 때마다 물 따르던 기억을 떠올릴 것만 같은 물통
네가 차라리 백석이다

기차가 제자리에 서 있는 것 같다
차창 밖 풍경만 바뀌고 있다
흔들리는 자작나무, 자전거 행렬이 멈춰 선 건널목, 시간
을 삼켜버린 터널, 아직 털이 길지 않은 양떼들, 침묵 속의
무연탄 더미, 그리고 공사중인 교각……

아직 무엇인가를 잊지 못한 교각처럼
기차에 실려 가는 내가 차마 닿지 못할 바깥 풍경이 없다면
기차도 맥박이 뛰지 않을 것이다
풍경에는 언제나 음악의 잔향이 있다
고난에 순응하라는 음악 같은
너 자신을 용서하라는 대지의 전언 같은

만날 수 없다는 것은 자명한 사실
닿을 수 없음으로 인해
나는 여전히 물통씨를 찾아가는지도 모른다

물통씨는 어떤 비유의 흔적도 남겨놓지 않았기에
단둥에 접근할수록 내 가슴은 설명할 수 없는 균열이 생
기고
언제나 배가 고프다
물통씨가 열거한 그 많은 먹거리 덕분에
번역될 수 없는 우리말 고유명사 덕분에

나는 대냥푼에 그 많은 음식들을 싸잡아넣고 쓱쓱 비비
고 싶다
그 음식들은 영원을 이야기하고 있다

단둥으로 간다
압록강변의 조약돌 하나하나에 눈을 맞추러
국경에 서면 끊어진 철교가 있을 테지만
그것은 차라리 끊어진 언어
언어가 반으로 잘린 혀처럼 피를 쏟고 있다

지금 내 곁에는 간이침대에서 쪽잠을 자는 수많은 물통

― 들이 있다
　국가라는 수수께끼와 숨바꼭질하는 사람들
　여권을 지니고 있는지 몇 번이나 확인하는 나도 그중 한
사람
　단둥에 가도 아무도 기다리지 않을 것이기에
　단둥은 어디에나 있다

　차장이 침대보를 갈아주러 왔을 때
　오래된 먼지들이 들썩거리자 콜록콜록 기침을 하는 물통
씨는
　까만 머리카락 속에 감춰진 러시아어 철자를 떨구며 말한다
　기지개를 켜는 것처럼

　기차가 동북삼성(東北三省)을 한 백년 돌아다니는 동안
　잠만 잤노라고
　잠 속에서도 기적은 울어
　가끔 실눈을 뜨고 흘러간 세기를 바라보았노라고

　단둥으로 가는 물통씨,
　너는 선반 위에 붙박인 채 외롭거나 말거나
　낙엽이 쌓이거나 말거나 기차가 미끄러지거나 말거나
　문자의 왕국이 스러지는 것을 물끄러미 지켜보고 있다

―

독서의 습관

삼대(三代)라는 말이 있다
그 말을 떠올리는 동시에 염상섭의 삼대가 연상되는 건
가령 해가 들지 않는 경성의 33번지 구석방이라든지
오포가 운다고 했을 때 이상의 날개를 떠올리게 되는 건
독서의 오랜 습관처럼 여겨지는 것이다

읽기를 시작했을 때 그 배경은 거의 일제강점기였다
구조가 흡사 유곽 같은 시대
내 방은 아내의 방을 거쳐 미닫이를 열어야 들어설 수 있
다는 식의 퇴폐를 십대에 읽고
전도된 삶과 자아 분열의 의식이라는 지문에 밑줄을 쳐야
하는 독서의 습관을
망각 속에 은폐시킨 채 살아가다가
가령 민방위날 사이렌이 울 때마다 오포를 끄집어내어 내
심사에 이입시키는 과거 소급형 따위를 독서의 유산이라고
기념하고 있는 것이다

시대의 배경에 대해 의문을 가지기보다
삼대를 모녀 삼대로 바꿔 읽어본다
가령 설날이나 제삿날에 모녀 삼대의 수다를 듣다보면
임종처럼 아득해진다

수다를 듣는다는 건 오래 떠돌던 내가 처마 밑에 들었다

─ 는 것
　모녀가 만두를 빚고 부침개를 부치며 수다를 떨 때
　내가 가끔 문맥을 놓칠지라도
　아무 궁금한 게 없다

　쏟아지는 졸음에 겨운 그날처럼
　모녀 삼대, 나는 왜 그 품에 안겨 통곡하는가
　사람마다 통곡을 안고 산다면
　사람은 왜 지으셨을까 하는 질문이 모녀 삼대이다

　가끔 한글을 읽는 것이 외국 원서를 읽는 것보다 더 힘
이 든다
　독서를 할 때마다 문자의 어원을 연상하기 때문인데
　식자우환(識字憂患)이라는 말이 이 경우다

　한글로 쓰고 한자의 뜻을 새겨야 하는 이중 언어구조 속
에서
　인식의 변형을 살피는 일은 한글에서 한자를 거쳐 다시 한
글로 돌아오는 번역과 같다
　삼대의 내용은 두껍다
　전근대와 근대와 현대로 이어지는 독서의 부피는 당혹스
럽다

─

문자에 대한 인내를 실험하는 게 독서라면

문자를 해득하기 전의 나를 규명하는 일은 그래서 이유 있음이다

오포가 운다고 했을 때 오포의 울음 이상(以上)을 떠올리게 되는 이상한 전조를 청산해야 하는 것은 아닌지 묻게 되는 대목이다

모든 밤은 주인 없이 지나간다

점심때 시청 앞 지하도를 걸어가는데
양장점 여주인이 셔터를 올리고 문을 열자
마네킹의 까만 원피스 자락이 잠시 들썩인다
그때가 출근 시간인 모양
마네킹은 간밤을 홀딱 새우며 어서 날이 밝아
문을 따고 들어오는 어떤 기척을 기다렸을 것이다

그게 사람이든 바람이든 상관없이
모든 밤은 주인 없이 지나간다
그 공평무사(公平無私)에 시대의 통찰이 있다

바로 위 지상의 덕수궁 앞에선 부당해고 노동자 복귀를
위한
천막 시위가 140일째 이어지고
거리의 조각가가 목판에 세월의 증오를 새기고 있는 줄
마네킹은 까마득히 몰랐으면서도
상복을 차려입고 있었던 것이다

지금은 정오가 되어도 울지 않는 오포,
자살한 노동자들을 위한 묵념의 오포가 그리워지는 때
누군가 죽고 누군가 태어나는 이 지상의 축제와는 별개로
마네킹은 상복을 차려입고 있었다
간밤에 아무도 몰래 근조를 내걸고 모든 울음을 쏟아놓

은 것처럼
  마른 눈으로 정면을 응시한 채

  지금은 지상과 지하가 이토록 정밀하게 내통하고 있는
시대
  모든 밤은 주인 없이 지나간다

빛나는 단도
— 비비안나에게

난 가끔 손재주 많은 꼽추 친구를 가졌으면
좋겠다고 생각해요
평생을 집시 무리에 끼어 세상을 유랑하다
폭삭 늙어버린 그런 꼽추 말이에요

바이올린도 켤 줄 알고 계집 맛도 좀 알아서
황혼녘이면 무리들 가운데서 혼자 떨어져
달을 쳐다보며 남몰래 눈물도 흘릴 줄 아는 그런 꼽추

유랑극단에서 피에로로 잔뼈가 굵고
어깨엔 우리를 빠져나온 사자에게 물린 상처가
훈장처럼 새겨진 그런 꼽추 말이에요

우리는 어느 날 한눈에 상대방을 알아보고
친구가 되는데 그 기념으로
서로의 비밀 주머니에서 빛나는 단도를 꺼내
손바닥에 십자가를 긋고 피를 섞어
의형제가 된 것을 축하하는 그런 꼽추

그렇더라도 우리가 오래 붙어 있을 운명은 아닐 테니
내 소원은 꼽추보다 먼저 숨을 거두는 것
어느 날 내가 누군가에게 칼을 맞고 죽어가고 있을 때
우리의 빛나는 단도를 꺼내 아예 목숨을 끊어놓기를

그리고 축 늘어진 내 시체를 질질 끌고 가서
문밖 급류 속에 내동댕이쳐주길
시체가 뜨지 않도록 아예 내장까지 도려내준다면
더 바랄 게 없겠지요

그렇지 않나요, 비비안나!
럼주 세 통을 따서 여기 있는 모든 사람들의 잔을 채워요
빛나는 단도가 아직 잠자고 있을 때 실컷 마셔보자고요

2부

슬픔의 고고학

페테르부르크 고생대 박물관으로 새끼 매머드를 보러 갔을 때 당신은 그 위장 속 씹다가 삼킨 야초(野草)처럼 젖은 채 누워 있었지요 당신은 빙하 시대가 미처 소화하지 못한 시간의 밀사 당신이 시베리아의 깊은 산협에서 발굴되어 헬리콥터로 운반되고 있을 때조차 당신은 배가 고팠지요

5만 년을 곪은 그리움이 꿈속에서 다른 꿈속으로 흘러가듯 하늘에 떠가는 광경을 새털구름이 상상이나 할 수 있었겠나요 얼음과 진흙으로 만들어진 당신의 무덤은 이 세상으로 통하는 또다른 집이었던 것이죠 이상한 일이지요 세상과 작별한 당신이 우리가 숨쉬고 팔다리를 휘젓고 뺨을 비비는 이 공기 속으로 다시 돌아와 있다니 유전자 복제실에서는 당신의 살점을 담가둔 알코올 병에서조차 젖냄새가 나더군요

당신은 최후의 족속이라는 이름의 슬픔 당신의 슬픔만큼 오래된 것은 당신을 감쌌던 진흙 외에는 없을 거라고 생각하는데 데카브리스트 광장에서 안내원이 일본인 관광객들에게 피의 일요일에 대해 설명하고 있을 때 네바 강가에서 찌르라기떼가 날아올라 그늘을 떨구고 있었지요

당신을 보고 난 다음 코스는 아마도 점심식사였을 거예요 그때나 지금이나 모두가 난민 같았지요 당신이 2미터쯤 자

란 부드러운 야초를 코로 휘감듯 사람들은 시큼한 흑빵의
부스러기까지 핥고 있었지요

　살리려면 살리라지요, 당신은 지구의 대륙들이 한 덩어리
로 붙어 있을 때의 추억, 당신은 뚱뚱한 타타르 여인이 하
얀 후드를 두른 채 주방에서 끓이던 수프, 당신은 지하철 입
구에서 바이올린을 켜던 집시들의 노래, 살리려면 살리라지
요, 당신은 탄피에 맞아 애꾸가 된 아프간 소년의 하나 남
은 눈, 당신은 한강철교에서 몸을 던진 4인 가족의 가장, 당
신은 월북한 아들을 기다리는 노파의 눈가에 까맣게 짓무른
생채기, 당신은 살아 꿈틀대는 슬픔의 미라

　그 여행의 끝인 카자흐스탄 알마티에 내려왔을 때조차 당
신은 나와 함께 있었지요
　당신은 알마티 중앙시장에서 무채 김치를 팔던 노파, 당
신은 수건으로 질끈 묶은 이마 틈새로 하얀 머리카락을 흔
들고 가는 바람
　두어 개 남은 이빨이며 끼니때마다 오물거리는 입가의 잔
주름에도 당신은 있었지요

제국카페에서 쓰는 편지

얼굴도 이름도 잊은 줄 알았는데
3천 걸음을 가서 떠오르네
그다음 걸음에서 잊힌다 해도
다시 3천 걸음을 가서 떠오르네

여기는 빨랫줄에 팬티 세 장이 내걸린 모퉁잇집
까망 빨강은 한눈에도 젊은 내외 것
그 옆에 누렇게 변색된 것은 그 집 노파 것
빨랫줄을 보는 순간 당신도 거기 함께 걸려 있네

기억들이 얼다가 녹고 녹다가 어는
겨울의 땅이 내 안에 있는 게 분명하네
빨랫줄은 영원한 신파며 영원한 뽕짝
오래전 실종된 것들이 눈에 보이니
이 침침한 봄날이야말로 신기루인 것이지

당신 눈동자 속에서 나는 사막의 실종자
육탈된 갈비뼈와 해골 일부가 간신히 모래 위에 드러나
있을 때
당신이 나를 알아보는 기적이 3천 걸음이라네

언젠가 당신이 내걸 부고의 깃발을
어느 길모퉁이에서 먼저 만난 것이지

빨랫줄에 걸린 그것이 당신이라고 믿으며
혼절하지 않으려고 약국에 가서 강장제를 사먹네

거스름돈을 받아 쥐며 죽은 왕의 얼굴을 다시 보게 되듯
내가 본 옷가지는 당신이 아직 살아 있다는 소문
소문이 내걸린 것이지

빨랫줄은 침묵의 다른 이름
침묵과 소문 사이에서 우리가 소멸을 믿듯
저 빨랫줄을 믿어야 하네

여기는 다시 3천 걸음 떨어진 국경 너머 제국카페
인조 안구를 박은 애꾸 사내가 취객들을 바라보며 모멸을
견디고 있는 곳
한때 청춘의 구두 끝에서 반짝이던 멜랑콜리는
이제 휘어지고 으깨어진 발가락 사이에 끼어 있네
나는 천천히 일어나 부치지 못할 편지를 품에 넣고
다시 3천 걸음의 첫 발을 내딛네

상하이 레퀴엠

당신은 상하이 변두리 시장 골목에 있다
돼지가 통째로 걸려 있는 푸줏간과 포물전과 향신료 가
게를 지나
돼지나 비단이나 향신료처럼
자신이 태어난 이유를 묻지 않는 당신
당신이 피리를 불며 뱀을 부리는 땅꾼이었다 한들
당신은 피리도 뱀도 되지 못하는 천형의 어둠 속에 있다

모든 것을 다 보고 싶었다 해도
당신이 멈춰 선 곳은 돼지 족발집 앞
당신의 눈에서 구더기가 기어나와 파리로 변하더니
자르르 윤이 흐르는 족발 위에서 미끄러진다

눈으로 먹어본다는 것
당신은 입이 가닿을 수 없는 음식을 이토록 흠향하여
명복을 빌고 있다
족발 한 덩어리는 세상과 같고
당신은 세상이 되지 못한다

그렇더라도 당신은 한참을 더 걸어가서
살아온 무엇이 뼈인지, 무엇이 살인지
구분하게 되었을 때조차
당신은 세상이 아니다

당신은 상하이 임시정부청사에도 있다
벽에 걸린 사진 속에서 망명자들과 함께 웃고 있다
혁명의 항렬자를 나눠가진 의형제들의 미소
한편에는 침대와 목침과 책상과 결재 서류판과
밥을 지어 먹던 부엌이 이층에 있다

한 국가의 살림이 이토록 단출하게 시작되었다는 걸
눈으로 보고도 믿지 못하는 당신
당신은 삐걱거리는 나무 계단을 내려간다

골목엔 세면과 조리를 겸한 개수대가 세워져 있다
중국 남자가 빗자루로 골목을 쓸고 있다
안에는 작은 마당이 있고 화분에 나무 두 그루가 심겨 있다
마침 점심때라 기름이 끓고 만두 튀기는 냄새가 골목으
로 퍼진다
지상은 살아 있음의 임시정부였을 뿐
당신의 정부는 차라리 펄펄 끓는 프라이팬의 검은 기름
위에 떠 있다

골목을 더 들어가본다
갈림길에서 아이들이 재잘거리다가 새처럼 흩어진다
저 재잘거림이 골목에서 메아리칠 때

—   당신은 늙지도 죽지도 않고 스무 살 모습으로 살아 있다
  귀신도 살아 있다는 걸 들키지 않으려고 골목길을 계속 떠
돌아다니고 있다

모든 복은 당신께

타슈켄트 촐수 호텔 앞에서 어깨를 스치고 사라진 당신
곰삭은 젓갈 냄새를 풍기던 당신은 아랄 해의 늙은 뱃사
람이었다
한번 나가면 일주일이고 보름이고 돌아오지 않는 출항
우즈베크인 선장이 흔들어대는 뱃전의 종소리를 들으며
당신은 어깨에 그물을 짊어졌던 것이다

어촌계 게시판에 압정으로 박힌 전보엔 단 두 줄
—1937년 11월 극동 조선인 728가구 아랄 해 도착
거주지가 전무하므로 확보된 모든 천막을 투입할 것

그날 이후 당신은 지상의 복을 찾아 헤매는 어린 어부였
으며
그물을 끌어올리거나 생선을 궤짝에 주워 담던 더벅머리
소년이었다

당신은 사마르칸트에도 부하라에도 있었다
다락방에도 계단참에도 복도에도 호텔 앞 부랑자 무리 속
에도 당신은 있었다
때때로 현관문을 열고 나서다 벽에 비스듬히 기대어 있는
몽당 빗자루에게 말을 걸고 싶은 마음이 생기듯
신의 뜻으로 당신의 실체가 숨어 있다 해도
그 마음으로 우리는 어깨를 스쳤던 것이다

자오선도 타버릴 것 같은 아랄 해에서
당신이 평생 그물질로 건져낸 것은 오직 태양
뜨거운 철선 위에서 보면 태양도 녹슬고 있었다

발바닥이 벌겋게 익어가는 철선 위에서
그물코에 찢긴 손가락을 잘라내야 했을 때
당신은 붉은 초승달에 코란을 걸어놓고 기도했다
—바다가 다 증발해버렸으면
그렇게 당신은 늙었다

돌아갈 수 없다는 건 자명한 사실
고향을 만들기 위해 자식을 낳았다 해도
무참하고 허망하기는 마찬가지였다
모든 걸 버렸어야 했다
피를 끊었어야 했다
뼈아픈 후회로 인해 당신에게서 짠 냄새가 나는 것이다

이제 늙은 당신
당신이 파란 눈의 손자가 갖고 놀던 실꾸러미에 발목을
감긴 채
좁다란 계단 아래로 굴러떨어져 임종을 맞는다 해도
당신은 아무도 원망할 수 없다

살아온 자취가 실타래처럼 당신 발목을 감은 것이니
아랄 해가 당신의 저주를 받아 사라지고 있다 해도
당신은 아랄 해의 또다른 현현이어서 언제나 바다 냄새
를 풍긴다

엘리베이터에서 눈을 감는 일

중년 사내가 엘리베이터에서 눈을 감고 서 있다
문이 열리고 사람들이 타고 내리는 동안에도
눈은 감겨 있다

까만 사무용 가방을 왼손에 쥔 채
눈꺼풀이 미세하게 떨린다
그가 눈을 감고 있는 동안 내가 눈을 뜨고 있다는 게
죄를 짓는 것 같다
몇 초가 몇 년이라도 되겠다

가방이나 상의 안주머니 어디에 사직서라도 넣어둔 표정
이다
혹 사업상 중대 결심을 해야 하거나
지친 일과 속에서 잠시 숨을 고르고 있는지도 모른다
눈가에 잔주름이 자글거리고 흰머리가 번져들고 있다

눈을 감는 일이란 눈으로의 심호흡
오래 열어두었던 겉창을 닫고
상처 입어 피 흘리는 사자처럼 내면의 세계로 파고들어
바깥의 적을 향했던 창을 자신을 향해 던지는 일
게다가 창백한 얼굴에 앙다문 입이라니

역병이 휩쓸던 중세 때

사체들을 한 구덩이에 직립으로 세워 묻었다는 말을 들
은 적이 있다
  눈 감는 일로 서구의 낯선 장묘 문화를 엘리베이터에 끌
고 들어온 이 사내가
  언젠가 그 말을 들려준 비엔나의 공동묘지 관리인을 닮
은 것도 같다
  지상과 지하의 대칭성이 엘리베이터에서 발화하고 있다

파천(播遷)

오늘도 아무도 안아주지 못했다

지하철 4호선 회현역에서 내려 계단을 밟고 올라가도 시대의 어둠에서 빠져나온 것 같은 기분이 들지 않는 것은
위에서 세번째 계단에 앉아 있는 노숙자 영감을 1년째 그냥 지나치고 있다거나
계단 끝 김밥 파는 아낙에게서 김밥 한 줄 사주지 못했기 때문이 아니다

이유 없는 게 삶이어서 그냥 지나쳤을 뿐
더 애처로운 건 내 가슴에 밀려와 있는 폐허다
퇴근길에 만난 후배는 남편과 이혼한 뒤 8년째 혼자 살아온 사연을 들려주었다
난 난감할 뿐이어서 눈동자를 마주치지 못하고 술만 연거푸 들이켰다

이혼 후 1년 동안 유럽을 떠돌면서 세 명의 남자와 잠자리를 했다는 후배는 술을 못하고 나는 술이 고파서가 아니라 내 안의 폐허를 견디기 위해 담담하게 말을 들어주었다

어디를 둘러봐도 상처뿐
손도 입도 댈 수 없는 사연
그렇다고 나를 빌려줄 수도 없는 노릇

잘 가라는 말도 없이 돈을 치르고 술집을 나왔다

러시아 공관을 지나 덕수궁 돌담길을 끼고
시청 앞 광장을 가로지르는 동안
파천이라는 말이 가슴에 새겨진다

꿈과 공포의 미로 같은 파천
모든 사연은 통속적이어서
어디로 가야 할지 서성이다가
휴대전화를 꺼내 후배의 전화번호를 지운다는 게
처제네 부부를 호출하고 만다

밤늦게 창동역에서
못 본 사이에 살이 10킬로그램이나 빠진 동서가
처제는 가스불을 켜놓고 와서 다시 집에 들어갔다고

처제가 뭘 끓이다가 왔느냐고 묻자
동태 대가리 6천 원어치를 사왔는데
푹 곤 국물이 개밥에는 최고라던데

  그 말을 들으며 동태 대가리라도 좋고 연민이라도 좋을
내 안의 폐허에서 눈물 한 방울이라도 짜볼 여지가 있는지
를 생각하는 것이다

밤에 쓰는 편지

밤새 내리는 소낙비며 번개며 천둥이
내 꿈으로 넘어오는 밤이군요

난 비 내리는 밤이 인간의 지붕이라고 생각합니다
그렇다면 나의 침대는, 나의 안방은, 나의 서재는……
그런 건 없는 겁니다

번개가 잠시 보여주는 살림이 내가 사는 집일 테지만
천둥은 빛으로 드러난 세상을 무너뜨리고 나를 무너뜨리고
나를 두 번 살게 하는 음향입니다
분노하는 음향
번개는 반응의 자식이지만 천둥은 반항의 자식이지요

아파트 꼭대기마다 낙뢰를 기다리며 서 있는 피뢰침은
차라리 역류하는 꿈이겠죠
비바람이 지금도 창문을 덜컹댑니다

지난 세기의 번개가 왜
한 세기 뒤에 천둥소리를 내는 겁니까
백년 같은 건 뜬구름이나 마찬가지죠
하늘도 버티기 어려운 세월이 있는 거죠

전선 끝에 우리의 목숨 같은 빗방울들이 매달려 있네요

세상에 떨어지기만을 기다리는 생명이 있다면
번개와 천둥의 자식인 저 빗방울 같은 것이겠죠

혼자 듣는 빗소리
혼자 듣는 천둥소리
지금은 빗방울이 피워내는 꽃들이
내 꿈을 넘어오는 밤이랍니다

개꿈

가당치도 않은 일이겠으나
아주 가끔 내몽고 위구르 마을로 들어가는 꿈을 꾼다
어디선가 개 한 마리가 날쌔게 달려와 나를 향해 짖어대고
잠시 뒤에 나타난 소녀는 맨발에 땟국물 얼굴에 낯빛은
잘 익은 복숭아다

난 건달처럼 푼수처럼 말을 붙이지만 소녀는 알아듣지 못
한다
그러면 됐다
말없이도 살 수 있겠다 싶다
나귀 세 필, 양 이십 두를 지참금으로 넣어주고
난 소녀가 자랄 때까지 그 집에 식객으로 눌러앉는 거다

톈산이 내다보이는 초원에서 양을 치는 소녀
대열을 이탈하는 양에게 장난처럼 돌멩이를 던지다가도
산골 학교에 다니는 아이들을 만나면 정신이 팔려
새끼 양을 잃어버리는 그런 소녀

땅에다 뱀을 그린 뒤
뱀이 살아 꿈틀거리라고 침을 뱉는 소녀
초원의 비로 얼굴에 핀 하얀 버짐을 닦는 소녀

그러다가 나 몰래 소녀는 불쑥 자라

가슴이 부풀고 엉덩이는 딴딴해져서 이웃 마을 청년과 도
망을 가
한 달씩 두 달씩 소식이 없어도 나는 무작정 기다리는 것
이다

개를 앞장세워 둘이 함께 누워 있었다는 풀더미에도 가
보고
함께 목욕을 했다는 강가를 어슬렁거리며 나는 늙어가다가
아이를 둘이나 셋이나 낳고 소녀가 돌아오기만 한다면
나는 소녀와 단 한 번 자지 않고도 너끈히 지아비가 되고
싶은 거다
난 얌체 같은 염소수염을 기른 위구르 노인이 되어
두어 개 이가 빠진 입을 벌린 채 넋 나간 듯 웃는다

근로자의 날

오늘은 살짝 맛이 가도 좋을 것이다
바람에 뽕끼가 실려 오는 것이다
몇 가닥 남지 않은 무릎 털이 보일 만큼
바지 한쪽을 잘라내
반바지 차림으로 생이 기울어지는 한때를 갖고 싶은 것
이다
허수아비로, 허수아비로 서 있고 싶은 것이다

오늘은 근로자의 날
도심이 텅 비어 있는 것만으로도
나의 근로는 자족한다
인간이 지워지고 없는 근로

그러면 공원 화단의 철쭉에 붙어 있던 개미가
발을 타고 기어오를 때
그 다족생물의 움직임이 간지러워
허수아비는 한 번씩 꿈틀대는 것이다

다리가 하나밖에 없는 망각
가끔 나비가 앉았다 가는 망각
벌어진 입술 사이로 침 한 방울이 떨어지는 망각

허수아비의 직립으로 보면

세상은 살짝 기울어져 있다
허수아비의 의지를 분석할 수 없듯
나는 허수아비로 기울어진 채
인간의 들끓음을 짓누른다

왼쪽 복숭아뼈에 관한 슬픈 오마주

오늘의 산행은 다섯 시간 동안 고통과 함께다
새로 산 등산화가 왼쪽 복숭아뼈를 끊임없이 마찰하는 탓
이다
마찰은 복숭아뼈에서 쉬어 가라는 세월의 말씀
이른바 깔딱고개 넘기에 앞선 숨고르기

복숭아뼈의 고통이 기억과 회한의 마찰로 변하는 걸
빤히 감내할 수밖에 없다
말처럼 존재가 가벼우면 좋겠다 싶은 게 새 등산화다
복숭아뼈 위의 열상과 물집은 내가 살아왔다는 또다른 물
증

아프다는 느낌을 지우기 위해 딴청을 하며
우크라이나의 자포리자 시를 떠올린다
키예프 남동쪽에 위치한 인구 80만 명의 철강화학도시

자포리자 까자끼 문화회관에 기독교인들이 운집해 예배
를 보았다는 문화간 충돌 현상이 그날의 뉴스였는데
그게 무엇이든 자포리자라는 단어의 돌출 앞에서 나는 잠
시 복숭아뼈의 고통을 잊는다

자포에서 물집이나 자포자기가 연상된다 해도 부자연스
러운 건 아니다

오히려 부자연스러운 건 새 등산화를 신은 산행이다
이런 연상법이 마찰을 덜어주지 못한다 해도
게다가 구텐베르크 성경 원본과 팔만대장경이 강남 코엑
스에서 나란히 전시된다는 아침 뉴스에도 보이지 않는 종
교적 마찰은 있다

마찰은 찰과를 낳고 찰과는 열상을 낳고 열상은 물집을 낳
고 물집은 대상포진을 낳고 대상포진은 마비를 낳고 마비는
또 무엇을 낳는다는 이스라엘식 족보보다는
출애굽기의 인물들 가운데도 왼쪽 복숭아뼈의 통증을 앓
는 사람이 있었을 것이며
찰과상이 흑갈색 딱지로 변하기를 나는 기원해보는 것이
다

현재가 과거를 위해 무엇을 기원할 수 있다는 형식상의 모
순이 또다시 마찰을 일으킨다

등산화를 벗고 맨발로 걸어볼까 하는 망설임도 잠깐
난 마찰에 길들여지기 시작한다
점점 아픔을 즐기는 사디스트로서의 딱지

복숭아뼈도 막막하니까 아픈 것이다
걸어야 할 데를 모르고 걷고 있으니

본원적인 치욕을 뼈도 느끼는 것이다

산을 타는 내내 능멸하고 눙치고 어르고 하다가
하산할 때 복숭아뼈는 못 알아보게 잠잠해진다
잠잠하다가 막막해져야 이런 낙서도 해보는 것이다

속초

이상국 시인이 박재삼문학상을 수상했다는 소식을 듣고
축하 문자를 보냈더니 답신이 왔다
—적막하게 한잔합시다

까무룩해진다 적막이라는 단어가 입안 가득 퍼진다 비가
오려는지 하늘이 흐려진다 비가 온종일 내렸으면 좋겠다

한 달 전엔 불쑥 문자를 보내왔었다
—동쪽 술은 다 잊으셨는지

인연을 만들지 말아야 하는데 인연은 늘 생기고 만다 퍼
뜩 생각나는 게 있어 스마트폰에 저장해둔 사진을 꺼내본다
3년 전 용대리 부근 식당에서 찍은 사진
송기원 이상국 시인이 식탁을 사이에 두고 웃고 있다 비
한 방울이 창문에 스친다

속초에 가야겠다
가서 동쪽 술맛을 봐야겠다

균열

감나무는 잠든 듯 숨죽이고 있다가도
내가 다가서면 그때까지 보이지 않던 새떼가
감잎 속에서 일제히 날아올라 대기가 일그러질 때
내 입술은 무엇인가를 말해야 할 것처럼 근질거리고
비 내리는 11월, 두 개의 숫자가 병립해 버티면서
다 간 것 같은 한 해를 간신히 붙들고 있는 그런 때

새떼가 쪼아 먹은 홍시를 올려다보며
홍시가 곶감이 되기까지
태양은 얼마나 수고를 할 것이며
감이 하얀 타닌 가루를 몸에 두르는
화학변화를 겪는 그런 수고를
지상에 속한 것들은 피할 수 없으리라는 사실로 인해
한 해가 기울고 있을 것이라는 그런 때

읍내 장의사 앞에 세워놓은 관에
내 키를 맞춰볼 때
빛에 바랜 것보다 더 빨리 칠이 벗겨진 그 안은
내 안과 같다는 생각을 하는 그런 때
누군가의 장례행렬이 마을을 빠져나가고
한 마리 검은 개가 날쌔게 그 뒤를 쫓아가는 그런 때

술집에 들어가 술 한 병을 앞에 두고

침침해진 두 눈에서 울려퍼지는
내 안의 음악을 듣는 그런 때
집에 돌아와 옷을 벽에 걸다가
그 벽에 나를 걸어두고 자는 그런 때

나의 등은 없다

버스가 내 앞에 정확하게 멈춰 서지 않을 때
나는 좌절한다
기다린 건 버스였는데
실은 버스의 출입문을 기다린 것이 되고 만다는 좌절

퇴근길 인파 사이에서
나보다 먼저 버스에 오르는 사람의 등을 보았을 때
두 번 좌절한다
한 번도 본 적 없는 내 등이 왜 다른 사람에게서 보이는지

서로에게 등을 보이며 승차하는 사람들이 연출하는
무작위의 순열 속으로 빨려들고 있다는 좌절
나에게 다가서기까지
나의 등은 없다

버스 문턱에 먼저 발을 올려놓으려는 혼란 속에서
나의 발은 발이 아니라 혼돈이다
모두들 등을 맞댄 채 차창 밖으로 시선을 두고 있다
윤중로 벚나무들이 무장무장 꽃잎을 떨구는 화신(花信)을
해석하느라
입을 굳게 다물 때
나의 입은 없다

나에게 다가서기까지
나는 무참히 지워져야 한다
마침내 너에게 가기 위해
버스가 씹다 만 벌레처럼 퉤, 하고 나를 뱉어낼 때
가장 멀리까지 날아가 떨어지기를

내가 나를 타고 가는 이 불편한 승차감
인식하는 순간에 두 개로 쪼개지는 이 존재감
모두 마법에 걸려 있다
나에게로 가는 길이 지워져 있다

지금도 모르는 것은

산에서 내려올 적에
반쯤은 젖어 있고 반쯤은 가을 햇살에 빛나는 낙엽들을
밟으며
내가 밟고 있는 것들이 언젠가 흙으로 사라지게 되는 때에
다시 이 산길을 걸어갈 것을 생각하며 한숨이 지어지는
것이다

모든 게 사라지지 않는다면 왜 사라진다는 말이 생겨났
으며
나 같은 게 어쩌다 생겨나 낙엽 밟는 소리를 듣고 있는 것
이며
내 슬픔과 어리석음과 가슴앓이 같은 게 그 소리에 왜 섞
여드는지
낙엽만큼이나 많은 것들이 떠올라 귓불이 붉어지던 것은
스러져가는 빈 산막을 지나칠 무렵이었다

언젠가 산막을 발견하고 잠시 처마 밑에 쭈그린 채
부모와 아내와 자식 곁을 떠나 이 폐허 같은 데서
석 달이나 넉 달이나 살아보자던 시절이 근 10년이나 되
었으며
그러고도 아직 내가 아직 무엇을 하고 살아야 할지 모른
채
그저 살고 있다는 생각들이 내가 밟고 지나온 길에

공포와 광기가 되어 수북이 쌓여 있는 것이다

어쩌면 산막이 나를 발견했을 수도 있다
잠시 뒤 고개를 들었을 때
웬 사내가 산막을 고칠 요량으로 이리저리 살피던 것이고
다음번 산행 때는 잘 수리한 산막에서 아궁이 불을 들이
는 것을
보게 되었으면 하고 바라다가도 다시 이 산길을 오르는 행
위를 생각하는 것이다
나는 산에서 내려왔지만 산에서 내려온 것은 아니었다

외면

집에서 키우던 개가 죽었을 때, 종이상자로 관을 만들고 헝겊 쪼가리를 깔아준 건 딸아이였다
자정 즈음 차를 몰고 나가 찾아낸 공터는 얼어 있었고 인근 공사장에서 곡괭이를 가져온 건 아들이었다

언 땅이 두 자 남짓 차가운 품을 내어주었을 때 나는 내가 묻힐 구덩이를 본 것처럼 몸서리가 쳐졌다

개털이 날린다느니, 개털이 허파에 박힌다느니, 늘 불만 가득한 나는 누구의 진심에도 가닿지 못했다 내가 외면했던 것들이 그리워진다

아오키는 사라지고 없는 나라에 가서도 컹컹 짖고 있을 것이다
인간도 누군가를 그리워하면 컹컹 짖지 않을 수 없다
오늘은 세상의 모든 개털이 날릴 것만 같다

3부

4인 가족의 행로

학창 시절에 황금분할이라는 용어를 이해하지 못해
낙제점을 받은 게 무슨 과목인지 잊었다
세월이 흘러 지금은 4인 가족의 황금분할을 이렇게 이해
한다

나라는 1인의 존재가 네 개로 분할되는 데 걸린 시간 속에
결혼과 돌잔치와 장례와 몇 방울의 눈물이 있다

말하건대 첫번째 분할은 내가 낳은 딸이다
딸은 눈물이라고 쓴다
울어도 울어도 젖지 않는 눈물이 딸이다

두번째 분할은 아들이다
엊그제 녀석은 친구가 위독하다는 연락을 받고
피서지인 제주도에서 서울의 한 병원 응급실로 달려가 밤
을 지새웠다
며칠 뒤 검은 양복을 입고 친구의 장례를 치르러 갈 때
남자의 인생엔 눈물로도 씻을 수 없는 게 있다는 걸
녀석은 알고 있는 것 같았다

묘한 것은 세번째 분할인 아내다
나를 자신의 철없는 첫째라고 분분한 의견을 내는 그런
아내

나에게 찍히면 세상 하직인 줄 알라는 그런 아내
아내라는 말의 조합이 무엇의 안쪽을 지칭하는지 헷갈리
게 하는 그런 아내

마지막 분할은 나 자신인데
4인 가족의 가장이라는 것 외에 나를 잘 모르겠기에
네이버에서 황금분할을 검색해본다

선분을 한 점에 의하여 두 개의 부분으로 나누어, 그 한
쪽의 제곱을, 나머지와 전체와의 곱과 같아지게 하는 일을
말한다

어렵다
가족은 황금분할보다 어렵고
가족은 황금분할과 아무 관계가 없다
나는 황금분할이 아직도 어렵고 스스로 낙제점을 준다

1941년 회봉골 사진

사진 속 어머니는 차라리 더벅머리 소년 같다
그때도 머리숱이 많아 사진 하단에 함초롬히 쪼그리고 앉
은 소녀의 머리는 숯덩이처럼 짙다
그 덕에 내 머리가 아직은 세지 않은 게 다행이라고 생각
할 때
외숙이 불쑥 말을 꺼낸다

―장수군에서 군 역사를 정리한다고 관보를 통해 알려왔
기에 옛 앨범을 뒤져 찾아낸 거신디 그게 1941 가족사진이
니라

"이니라"에서 미끄러지는 비사가 느껴진다
한 번도 발음되지 않은 가족 애사 같은 거

며느리 넷은 제사상에 올릴 김치전을 부친다며
주방에 붙어 있고 그들의 등은 건성으로 시아버지의 말
을 듣고 있다
며느리의 등에서 희미하게 잊히는 외가라는 제국

타성(他性)의 여자가 한집안에 들어와
신혼 첫 밤부터 밭으로 누워 있으면 거기에
이랑을 파고 씨를 뿌리는 부계사회의 운영법으로
자자손손이 이어져왔던 것이다

맏며느리가 간을 본다며 김치전을 찢어 입으로 가져가
는 게
 타성의 권리장전을 보는 것 같다

 사진 속 다섯 살 소녀의 미래에서
 나 같은 게 태어났다니
 시베리아 샤먼의 딸처럼 먹빛 눈동자를 껌벅이는 어머니
의 소녀

 나라는 존재가 완전히 빠져 있는 외가의 옛 사진 속에서
 이미 미래의 나를 보고 있는 또하나의 눈동자
 예언자는 타성에 깃들어 태어난다는 말을
 비로소 나는 믿는다

폭풍 속에서

어머니가 살아 계셔서
내 태어난 이야기를 전화로 듣는다

하필이면 태풍 몰아치던 음력 7월 초하루
교회 종소리가 울리기 직전이니까 아마도 인시(寅時)였
을 것이다
산파가 왔다가 진통이 뜸하니 다시 온다고 가고 없는 사
이에
내가 너를 낳았느니라

이글루에서 얼음칼로 탯줄을 잘라 혼자 애를 낳는다는
에스키모 여인의 목소리 같다

열아홉에 시집 와 스물둘에 너를 낳았는데
할머니가 탯줄을 자르려고 할 때
어머니, 어머니, 가위는 소독을 해야 돼요, 파상풍에 걸
리니까
그래서 아버지가 물에 넣고 끓인 가위로 탯줄을 잘랐느
니라

애기는 작은데 젖이 좋아 일주일 만에 크고
또 일주일 만에 크고 숨덩어리처럼 보글보글했는데
널 낳고 온몸이 땀띠투성이인데도

할머니가 부채질을 하지 말라고 해서 얼굴이 퉁퉁 부었
느니라

어머니가 들려주는 재래식 산파술을 들으며
난 아침부터 졸음에 겹다
잠을 자고 일어나면 그날 나를 감쌌던 강보에 누워
스물둘 어머니와 눈을 맞추고 싶은데
그곳에 가기 위해서는 사라호 태풍으로 목숨을 잃은
수백 명의 영혼들을 지나가야 할 것이다

내 목숨을 무엇으로 바꿀 수 있는지에 대해
그리고 왜 인생은 폭풍일 수밖에 없는지에 대해
생일날 아침, 나는 전화를 끊으며
태어나 우는 나를 다시 만난다

폭풍 속에서 태어났음으로 나는

슬픔으로 줄어드는 키

키가 줄고 있었다
척추에 걸린 꿈들이 하나씩 꺼지듯
할머니의 키는 내가 태어난 후부터 하루 또 하루 줄어들었다

세상에 태어날 때부터 할머니가 되는 여자가 어디에 있으랴만
꿈이, 그것도 자식이라는 헛된 꿈이
하나씩 사라져버렸으니
정한수를 떠놓고 자식들이 떠나갔다는 북쪽 하늘을 바라보며
염주를 돌리던 할머니의 새벽

세상도 세월도 다 어지럽다던 중얼거림을 들으며
난 잠들곤 하였다 그러다가도
모든 자식은 품안의 자식이라고 읊조리는 대목에서 깨어나보면
할머니의 키는 또 어느 만큼 줄어 있었다

자식을 잃어버릴 때마다 한 마디씩 줄어든 할머니의 키
난 지금도 그 등에 업힌 채
두 명, 세 명의 어머니들이 겹쳐서 늙어가는 꿈을 꾼다

나는 무엇이 그리 서러워 울며 보챘는지
나 역시 할머니의 키를 줄게 했던 것이다
너무 많은 슬픔이 쌓여 둥글게 휜 할머니의 등

할머니는 임종 직전에 천주교 사제로부터
이마에 십자가를 긋는 대세를 받았는데 그렇다고 해서
천당과 지옥이 그 순간에 갈리는 것도 아닐 테고
종교란 것도 어느 만큼은 칭얼대는 아이인 것이다

입관 때 보니
작은 관에 맞추려고 일부러 키를 줄인 것처럼
굽은 할머니 등에 여전히 칭얼대는 내가 매달려 있었다

유리창 아이

어느 해 가을 어머니는 고향집에 가보고 싶다고 말씀하
셨다
집이 낡았을 테니 가봤자 마음만 상하실 거라고 대꾸했
지만
구정 연휴에 슬며시 찾아간 외가는
스러진 흙담에 담쟁이조차 남아 있지 않았다

안채로 들어서다 말고 멈춰 선 것은
사랑채 먼지 낀 유리창에
내 어린 시절이 비쳐서였다

토방 그득한 아이들 가운데 내가 끼여 있고
한 계집아이가 유별나게 입술을 내밀고 있다
숯검댕이 부엌에 웅크리고 앉아 달랑 간장 종지에 맨밥
을 밀어넣던 아이

주장집 외손이던 내가 방학이면 내려와 독상을 받을 때
그 아이는 막내를 포대기에 들쳐업은 천덕꾸러기 신세
였다
부엌 심부름을 하며 아궁이불을 지피던 아이
언 손등이 터져 핏물이 짓무르던
그 아이의 뺨을 갈긴 사연이 떠오르지 않는다

지금 사는 곳이 어디냐고 외삼촌에게 묻자
이미 이 세상 사람이 아니라는 그 유리창 아이
그날 때린 뺨을 오늘에야 되돌려 받듯 얻어맞는다

참이가 내리신다

할머니의 이름은 참이(參二)
참봉댁 둘째 딸이라는 그 이름이
오늘은 가는 눈발이 되어
창문을 기웃거리신다

눈발이 싸그락싸그락 들러붙는 창문
눈송이가 방안으로 들어오도록
가만히 창문을 열어둡니다

참이가 내리신다
참이가 내리신다

어느 날 창문을 쳐대는 눈발을 바라보며
쳐대려면 벽이 무너지도록 쳐대라고 중얼거리던
할머니의 입술 모양이 내게 남아 있는 것이죠

북으로 간 세 아들이 돌아올 길을
눈이 지워버린다며 한사코 핏자국을 찍으며
골목길을 돌고 또 돌던 할머니

언 발바닥에서 사금파리를 뽑아낼 때조차
아픈 줄 모르던 할머니는 이미
저세상을 걷고 있었던 것이죠

눈송이가 세 아들이라도 된다는 듯
날름 혀를 내밀어 받아먹던 할머니
오늘은 그 눈을 내가 받아먹습니다

참이가 내리신다
참이가 내리신다

사람의 마지막 일

문틈으로 들어오는 거실 불빛이
천장에 무늬를 그려놓는다
그건 2010년 10월 5일 새벽 5시의 천궁도도 아니다

천장의 네모난 전등은 굳게 닫힌 아버지 입 모양 같고
커튼 사이로 스미는 희붐한 먼동의 그림자는
인중을 희끗 덮은 수염 같다

다 된 거 같다는 어머니의 말에 달려간 엊저녁에도
아버지는 반응이 없었다
천장에 사람의 형상이 빛과 그림자로 그려져 있는 새벽

내가 궁리하는 게
저 무의미의 무늬에서 의미를 읽어내려는 문자 해득이
라니
한심하기 짝이 없다

알타미라 동굴에 그림을 그려넣은 구석기인보다
나는 못난 자식이다
아버지가 내려놓은 건 숟가락도 아니었다
자꾸만 복기되는
태초에 말씀이 계시니라 태초에 말씀이 계시니라

빛도 그림자도 더는 나아가지 못하는 천장에
아버지가 거꾸로 매달려 있다
모든 형상을 벗어던지는 마지막 몸부림

팔십 넘어 두 발로 걸어온 사람의 일이 그렇게 멈춘다는 게
새벽에 아무 의미 없이 천장에 그려지고 있었다
다 이루었노라 다 이루었노라
아침이 오고 있었다

충돌

넌 큰대자로 누워 있었다
4차선 도로 위에 피를 흘린 채

그날 새벽 나는 중국 리장의 복국 호텔에서 일어나 세수
도 생략한 채 가방을 꾸렸고
아침 6시 정각 호텔 앞에 정차한 버스에 올라 공항으로
향했으며
리장에서 1시간을 날아 쿤밍에 닿은 후 환승객을 태우고
다시 이륙하여
3시간을 비행한 끝에 상하이 훙차오 공항에 내린 뒤 다시
공항버스를 타고

(여기까지 오는데도 숨이 턱턱 막히고 대륙의 멀미로 어
질머리가 일기는 마찬가지)

다시 1시간을 이동해 푸둥 공항에서 국제선 항공기로 갈
아타고
1시간 30분을 날아 도착한 인천 공항에서 다시 의정부행
버스에 올라
또다시 1시간 남짓 달린 끝에 도착한 의정부 시청 앞에서
택시를 타고 방학4거리에서 우회전 했을 때
4차선 도로 위에 너는 피를 흘리며 누워 있었다

밤 11시가 넘은 시각
몰려든 수십 명의 인파들은 흥건한 피냄새 때문에 차마 가
까이 가지 못한 채
너를 바라보고 있었고

내가 그 먼길을 날아온 게 너의 죽음과 마주치기 위해서
라는 듯
네가 타고 가던 자전거는 자동차에 들이받혀 도로 한쪽에
구겨져 있었으며
공중에 뜬 채 네 속에서 튀어나온 네가 아직 허공을 날고
있었으며

집에 다 온 줄 알았던 나 역시 도로 위에 누워 있는 너를
본 순간
귀가하는 내가 있고 영원히 집으로 돌아가지 못하는 내가
있다는 걸 알게 된 그 순간
마치 대륙의 판이 충돌한 듯 생과 사가 갈리는 그 순간

옌안 기행

옌안에 칭다오 맥주는 없다 하여
생맥주 격인 순생(純生)을 그것도 5월 햇살에 사람 체온
만큼이나 덥혀진 그대로
소 오줌 맛 같은 맥주를 단숨에 벌컥거린 후
해바라기씨를 입에 털어넣고 오물거렸는데

숙소는 언덕 위 동굴 호텔
조선인 혁명가 김산과 님 웨일스가 처음 만났다는 그 동
굴가옥 같은 숙소에서
시간의 심지는 다시 불을 켜들고 그들의 1937년을 비추
던 것이어서
저녁 6시면 중국 정찬 30가지가 원탁에서 쉴 새 없이 돌아
갈 것이란 말을 전해 듣고도 두 다리는 이미 숙소를 벗어나
언덕 아래로 허청허청 내달린다

옌안 대학 앞 먹자골목
콧등에 솜털이 방글거리는 중국 처자 둘을 앞에 앉혀놓고
필담을 나누는데
세 글자를 쓰면 한 자나 알아듣는 만큼이나 소통이 된다
는 게 신기해
해바라기씨 한 움큼을 탁자 위에 꺼내놓고 김산이며 안중
근이며 윤봉길이며
이름을 써가며 한중우호의 역사를 설파한답시고 진땀을

빼는데

  올해 옌안대학 영문과를 졸업했다는 처자 둘은
  중국엔 무슨 일로 왔느냐
  내일 이 시간에 또 만날 수 있느냐
  묻는 품새가 너무도 진지한 터라
  내일 아침 일찍 옌안을 떠난다는 말은 차마 못하고
  밤은 깊어 택시를 잡아준다며 차도에서 껑충거리는 처자
들이 하도 가상하여
  차에 올라타서도 이내 문을 닫지 못한 채 엉거주춤하는
동안

  주머니 속 해바라기씨와 두 처자를 닮은 호두 두 알은 상
견례를 치른 후 서로 빠각이고 있었을 뿐 아니라 내가 시안
을 거쳐 심양까지 오는 동안에도 서로 몸을 비비며 재잘거
리고 있었다

아버지를 이대로 보낼 수 없다

때가 온 것 같으니 마음의 각오를 하고 건너와라
어머니의 건너와라에서
나는 무너진다

마지막 유언이라도 들어야 할 게 아니냐
그 말에서 두 번 무너진다
때가 온 건 맞다
마음의 각오도 여러 차례다

출근을 미루고 달려가 머리맡에서 아버지를 부른다
눈곱 때문에 딱 달라붙은 눈이 살며시 뜨였다
찌그러진 두 눈에 어둠이 가득 고여 있었다
눈은 다른 세상으로 연결되는 통로
보름째 식음전폐다

하루에 달랑 두어 숟가락의 물이 입술과 목젖을 적실 뿐
소변을 받아내려고 아랫도리를 벗기는데
아버지의 손이 내 손을 방해한다
부끄러워하는 것이다

부끄러움과 눈가의 눈물 따위가 있는 한
아직은 지상이다
오줌 한 종지를 받아놓고 버리지 못한다

아버지가 가고 나면 몸 구석구석을 돌고 나온
오줌이 아버지인 것을
임종도 유언도 정한 이치겠으나
아직은 옷깃을 여밀 수 없다
아버지를 깨워야 한다

잊혀진 신(神)

현세의 궁지에서 벗어나기 위해 우리가 유령을 불러들인
다면
그것은 죽은 조상일 것이다
유택 두 기 사이엔 상당한 거리가 있었다
선산이라야 기찻길 근처 가파른 야산이고 그 아래는 공
동묘지다

외조모는 구정을 사흘 앞두고 돌아가셔서
공동묘지 자락에 가묘 비슷하게 묻히고 말았는데
이제 칠십을 넘긴 외숙이 부모님을 한곳에 모셔야 한다며
합장 전날 고유제를 지내는 것이다

마침내 유골이 드러났을 때
나는 인생의 거의 전부를 살아버린 것 같았다
더 보태야 할 세월이 있다면 피와 살이 아니라
유골을 위해 바쳐져야 할 것이다
출산으로 인해 벌어진 골반과 등짐을 지다 접질린
골절상의 증거가 고스란히 남아 있었다

여자도 남자도 떼어버리고 참으로 치열하게 육탈된 유골들
산중턱 외딴집에서 혼자 견디어온 두 분의 모습이
그대로 선(禪)의 경지에 들어 있었다

외가(外家)라는 게 문자 그대로 바깥의 집이라 할진대
내게 외가는 한 번도 바깥이었던 적이 없다
어머니의 몸을 준 두 분이 묻혀 있고
어머니의 얼굴을 닮은 사람들이 흐느끼고 있다
거의 흙으로 돌아간 그들의 뼛골을 빼먹고
자식들은 성장하여 뿔뿔이 흩어졌다

한 평도 되지 않는 구덩이에서
어린 새떼들이 날아오르는 것을 본다
점점 가벼워지고 있는 어머니의 몸에서
자식 넷을 뽑아냈다는 게 믿기지 않는데 믿고 있다

내가 얼마만큼 외가의 유전자를 물려받았느냐라는
물리적인 속성은 중요치 않다
내가 점차 내 몸을 떠나고 있었다
어디로 가는지는 알 수 없다
멀리 기차 소리에 고개를 돌려본다

어느새 석양, 다시 묻히는 유골,
삽질에 뒤섞여 간간이 들리는 솔바람 소리
시간의 빗방울 소리가 내 생각에 구멍을 뚫어
나를 가라앉히고 있었다

— 고유제가 끝난 뒤 이모는
선산에서 멀지 않은 시댁의 고택으로 나를 이끌었다
백년 고택은 수십 년을 비워두었지만
여기저기 인광이 빛나고 있었다
신혼살림을 시작했다는 본채 갓방의 쪽문을 활짝 열어 보
이며
이모는 말했다

—이 문고리를 잡고 자식들을 낳았단다

그날처럼 다시 문고리를 잡아보는 이모가
글재주가 있으면 『혼불』 같은 대하소설을 쓰고 싶다고 했
을 때
나는 툇마루의 이음새에서
작고한 최명희의 독백이 울려나오는 것을 듣는다

—쓰지 않고 사는 사람은 얼마나 좋을까 때때로 나는 엎
드려 울었다

아니, 우리는 모두 엎드려 울었다
펑펑 울지는 않았더라도 노상 그렇게 울었다 싶은
그 유택 앞에서 잠시 대기가 흔들렸던 것 같다
흔들리는 것은 내 몽상의 그림자이기도 하다

붕붕 떠가는 듯도 하다

현실과 꿈이 뒤섞인 듯
산에 온 것은 모든 것을 잊자는 것인데
모든 것이 생각나서 미칠 것만 같다

지하의 세계가 눈에 보기에 끔찍하다고 해도
지상보다는 모든 것이 평화로워 보였다
그 뼈들은 내 뼈는 아니지만
최후의 순간까지
내게 가장 중요한 조각이다

세상의 속도

블라디보스토크에서 우수리스크까지
완행열차를 타고 간다
녹음 우거진 9월 말인데
지구 끝으로 가는 여행 같다

열차가 움직이면서 저 너머는
홍범도가 말달리던 초원
저쪽은 150년 전 한인 이주민이 처음 정착한 곳
이쪽은 강제이주열차의 비극이 서린 라즈돌리노예 역

모기가 내 팔뚝에서 피를 빨고 있어도 몰랐다
내 시선은 열차의 속도에 맞서
백 미터, 천 미터 바깥으로 달아나고 있을 뿐

아버지도 요즘 부쩍 눈동자가 풀린 채
세상의 속도와 맞서고 있었다
지금처럼 기력이 쇠했을 때 등급 판정을 받아야 한다는
어머니에게 차마 여행 얘기도 꺼내지 못한 채
떠나온 참이다

아버지는 하루하루 어눌해지는데
나는 어느새 우수리스크 역에 당도해 있다
아버지를 생각하니 팔뚝이 가렵다

대합실 벽면에 붙은 열차시간표를 사진기로 찍는데
앳된 사복경찰이 다가온다
역은 보안시설이므로 촬영은 금지되어 있다며
사진기를 빼앗아 저장된 사진을 몽땅 지워버린다
그렇게 해서 과거가 지워진다면
두 눈을 뽑아가도 좋을 것이다

아버지가 등급 판정을 받았는지 궁금하다
모기에 물린 자국이 점점 부어오른다
우수리스크에서 세상의 속도는 전혀 줄지 않고
아버지와 나 사이엔 아무것도 없다

부의 봉투가 화혼 봉투로 바뀐 이유

봄날이었고 유독 죽음이 많았던 4월이었다
이른바 천안함 정국
최하림 시인의 부음을 듣고 부의 봉투를 챙기긴 했다
저녁 회의를 끝내고 후배에게 대신 일직을 부탁한 뒤
어스름 무렵에 버스 정류장으로 갔다
버스 하나를 걸러 보내고 두 대를 걸러 보내고도
마음을 정하지 못했다
망자에게 간다는 게 너무도 곡진해서
빈소에 가면 나와 한 회사 한솥밥을 먹은 후배가
그 집 며느리로 앉아 있을 터인데
흐르는 강물을 보며 기운이 다 빠져버렸다
부질없다는 게 다 핑계라고 해도 어쩌겠는가
장례식에 가지 않았다
죽음이 많아서 죽음 쪽으로 가고 싶지 않았다
부의 봉투를 양복 주머니에 깊게 찔러둔 채
여의도로 마포로 인사동으로 무교동으로
주말에는 지방 나들이까지
쏘다닌 만큼이나 봉투는 때가 타고 닳아져 있었다
며칠 뒤 후배가 결혼을 한다고 청첩장을 내미는데
그 손에 쥐여주고 만다
봉투를 바꾸고 축 화혼이라고 써넣긴 했다
봉투가 바뀌는 사이에 누군가 죽고 누군가 결혼을 하는
이 부조리극의 연출자는 내가 아닐 거라는 변명이

무슨 죄책감처럼 봉투에 찍혀 있었다

영근이의 고무신 한 짝

죽은 영근이가, 술만 먹으면 아주 개가 되는 58년 개띠 박영근이가 가끔 꿈에 나타나 제 살았다는 인천시 부평구 4동 10의 22번지 쪽방촌, 그것도 탄불이 꺼져 방안에서조차 하얀 입김이 서리는 누옥을 잠깐 보여주는데 나는 그 월세방 댓돌 위에 벗어놓은 까만 고무신 앞에 멈춰 선 채 차디찬 방에서 쏟아내는 영근이의 기침 소리가 눈송이와 더불어 고무신에 쌓일 때 그 기침 소리마저도 이승의 마지막 휴식처럼 생각되던 것이다

죽기 석 달 전, 슬리퍼를 끌며 불쑥 찾아온 영근이를 여의도 순댓집으로 데려가 소주를 마실 때 술병은 비워지고 보사리 안주는 식어갔던 일이며 그날부터 나는 영근이가 죽어서도 나를 불쑥 찾아올 것을 의심하지 않았다

살아생전 영등포며 구로를 헤매던 그의 영혼은 내 직장 근처인 여의도에서 가깝고 오늘은 내가 영근이에게 술을 청하고 싶은 밤이다

그날 밤, 용산역에서 영근이를 부축해 인천행 막차에 어거지로 태웠다는 후회가 오늘은 눈이 되어 내리고 있다 그리 친하지도 그리 사연도 없는 서먹한 사이를 영근이는 막연히 쳐들어왔던 것이고 식어버린 순대며 내장이며 돼지 같은 우리 삶의 부속물이며, 월급을 타먹고 사는 나는 벌이가

없던 영근이의 눈에서 뿌연 눈물이 흘러나오는 것을 떠올릴
때마다 서둘러 돌려보냈다는 자책으로 돌아오고 만다

　내가 직장을 그만둘 때에 봉착하면서 영근이의 까만 고무
신이 부쩍 생각나는 것은 실은 내가 고무신 한 짝이라도 신
고 있는 영근이를 한 번도 본 적이 없기로서다 슬리퍼 한 짝
은 어디다 내동댕이치고 때가 꼬질꼬질 낀 맨발에 놀라 오
히려 내게 눈총을 쏘아붙이던 수위 아저씨도 몇 해 전부터
보이지 않고 다만 엘리베이터 안쪽에 붙은 관리자 박영근이
라는 이름에서 야릇해지는 것이다

　영근이에게는 짝이 없었다 나도 짝이 되어주지 못했다 그
나마 술청이나 몇 번 들어준 게 무슨 대수냐고 헛웃음이 나
오는 것은 지금도 영등포며 구로며 취업 공고판 앞을 서성
이는 고무신짝 같은 인생들이 있기 때문인데 나 역시 은퇴
후엔 죽은 영근이가 종신제로 취직했다는 시인이라는 직장
에 출근하는 꿈을 꾸기도 하는 것이다

김규동과 아버지의 구두

함북 종성 세창의원 집 큰아들인 김규동 선생을 대치동 집
으로 찾아갔을 때
백양 담배를 폭폭 피우며 들려준 이야기
—내 어릴 때 사촌형님이 종성에서 시베리아로 달아나기
전날 우리집에서 한 밤을 묵었는데 새벽에 집을 나설 때 아
버지가 아끼던 구두를 신고 갔더랬지

형님에 대한 소문은 종성 읍내에 무성해서
독소 전쟁에 대좌 계급장을 달고 싸웠다거나
소련 땅에서 백계 여인과 결혼해 아이들을 낳고 잘 산다
거나
혹은 떠돌이로 고생하고 있다거나

그렇더라도 아들 셋에 착한 아내를 버려두고 망명을 떠난
사촌형님이 야속하고
아버지의 구두가 지금도 국경에서 저벅거리고 있는 것 같
다는 노시인

아, 저벅거리는 음절들의 신발창에 묻은 툰드라의 흙이며
10월 혁명이며……

이북에 남은 누님 용금과 선옥의 생사를
고향집 우물가 느릅나무에 물어보고 싶다고 했다

모든 대답이 연기 속에 숨어 있다는 듯 독한 백양 담배를 ──
폭폭 빨아대면서

　죽어서 혹 비석을 세운다면 함경도 고향 아주머니들이 들
려주던
　'고맙다'는 말의 우리게 사투리 '아심챤슷꾸마'를 새기고
싶다 했던가

　작고 한 달 전 보내준 시 전집엔 '저자 올림'이라는 흰 글
씨가 너무도 선명해
　오늘도 나는 책을 펼치며 '아심챤슷꾸마'를 몇 번이고 되
뇌어보는 것이다

적막의 자리

고양이가 몸을 발랑 뒤집으며 재롱을 떤다
먹이를 달라거나 놀아달라는 것이다

녀석은 모를 것이다
내가 귀갓길에 인적 드문 골목길에서
털을 날리며 말라가고 있는
죽은 새끼 고양이를 보았다는 것을

새끼 고양이의 죽음과 녀석 사이에
아무 인과가 없는 것은 아니다
녀석이 먹이를 달라고 보챌 때마다
내가 아주 그득하게 한 움큼 쥐어 주는 것은
죽은 새끼 고양이를 생각하기 때문임을

녀석이 아무리 재롱을 떨며 울어대도
나는 정적에 싸인 그 죽음의 자리를 떠올리는 것이다
그날 내가 느꼈던 모든 것을 통틀어 그 어느 것도
골목길 발치에서 보냈던
그 짧은 1분의 순간에 견줄 만한 것은 없다

4부

7번 국도에 관한 사유

길 왼편엔 포구로 들어가는 다리가 있고
무엇보다도 갯내음 물씬 풍기는 낯선 읍내여서 더 들어가
고픈 생각이 들었다
끼룩끼룩 날고 있는 갈매기 날갯짓은 애끓는 영혼에 미처
가닿지 못한 채 철썩이는 상념처럼
그때는 딱히 사랑이라는 단어에 다 담을 수 없는 무엇인
가를 잃은 뒤여서 마음이 뒤숭숭했다

뒤숭숭이란 스스로 자초한 결과에 내몰린 인간에 의해 던
져지는 절망적인 물음과 이 물음에 대한 절망적 답변의 주
춤거림
무너져버리고 싶었다
핸들을 왼편으로 꺾고 싶었다
꺾었어야 했다

해장을 하면서 국물을 뜨다 말고 내가 가지 못한 포구 쪽
풍경이 지워지지 않는 이유에 골똘하였건만
모호함과 불안정성
당도하지 않은 미래에 대한 향수 따위
가야 할 곳을 가지 않은 자의 심리처럼
한편 초조하고 한편 탈주를 꿈꾸기도 했지만
그로부터 세월은 가는 둥 마는 둥 했다

매일 7번 국도를 떠올리며
머릿속으로 핸들을 만지작거렸다
핸들이 두뇌라도 되는 것처럼
나는 7번 국도를 발명하고 있었다

모든 낯선 사람들이 7번 국도 왼편의 포구 출신으로 보
이고
그때 꺾었어야 했다는 후회는 사라지지 않고
종로1가 신축 건물 위 철골 크레인까지 7자로 보이고

내가 죽은 뒤에도 7번 국도는 계속되는
이것은 이상하고도 무서운 이야기
나는 7번 국도가 되어가고 있었다

불시착의 재구성

여의도가 비행장이었다는 흔적은 한강 물새들의 비상(飛
翔)에서가 아니라 굳게 닫힌 사무실 창밖을 내다보는 내 시
선에 남아 있다

김구가 돌아오고 이승만이 돌아오고 망명객들의 귀환을
맞아 꽃술을 흔들던 해방정국의 인파 가운데 내가 서 있었
던 게 점점 명백해지고 있다

그렇지 않다면 내가 비행장이나 활주로를 동경할 이유
는 없다
윤회를 믿는다는 게 아니라 윤회 없이는 설명되지 않는 게
현대사의 질곡이다

질곡에 빠진 창밖 자동차들의 소란이며 주차 전쟁이란 말
이 무성해질 때 여의도 비행장은 신기루처럼 되살아난다

사는 게 버러지만도 못하다는 생각이 들 때
난 프로펠러의 시동을 걸어놓고 비행 조건을 어림해본다

시계 제로의 상습 안개 지역
풍속은 1미터 미만
계기판 유압은 떨어져 있다

이륙 직후 불시착
활주로를 벗어난 곳에서 비행기 잔해가 화염에 휩싸인 채
검은 연기를 내뿜고 있다

연기를 보고 있는 내가 연기처럼 막연해지는 것이
내 시야의 한계인 것인데
여의도에 불시착한 내가 박피의 유리창에 갇혀 아직 불
타고 있다

어서 유리창이 깨지길
깨져서 해방정국이 다시 오길
김구가 돌아오고 임시정부가 아주 정부가 되길
검은 연기가 세상의 안부를 물어보고 있다

잘린 혀를 위한 헌사

어디서 들었는지는 잊었다
세 살 난 아이의 손을 잡고 철길 위에 한사코 앉았다가
멀리 기차가 다가오자 공포에 질려 울부짖는 아이를
몇 번이고 주저앉히던 아버지가 있었다

철도변에 살던 낯모르는 할머니가
냅다 철길로 뛰어올라가 밀쳐내지 않았다면
아이와 아버지는 피범벅이 되었을 거라고

누구에게 들었는지는 생각나지 않고
이야기는 오래 남아
기찻길 옆 오막살이의 전편처럼
토막토막 기억이 나는 것이다

다음엔 어떻게 됐을까
아버지와 아이는
할머니의 오막살이에서 찬밥 한 술을 얻어먹고
다시 길을 떠났던 것일까
아니면 아이는 그때의 충격으로 평생 벙어리로 살았을
지도
죽음의 공포가 혀에 끈질기게 달라붙어
아이의 말을 토막내버렸을지도

이야기의 전편은 무엇일까
아이의 엄마가 아이를 낳다가 죽자
아버지는 아이를 들쳐업고 젖동냥을 다니다가
무진 고생 끝에 세상을 하직할 양으로 철길 위에 앉았다는
신파조라면 너무 단조롭지 않은가

토막토막 끊어진 이야기는
어디서 들었던 게 아니라
태어나면서 가지고 온 이야기
그걸 일컬어 누군가의 생애를 잠식한 공포라고 한다면
공포는 인간의 모든 잘린 혀에 헌정되어야 한다

심가기(尋家記)
—집을 찾는 기록

장춘에 갔다
멀리 숙신(肅愼)이 하늘에 제사를 지내며 주문을 외던 곳
요(遼)·금(金) 시대엔 장미가 유달리 흔했다던가
장춘에 가면 백부의 행적을 찾아보려 했건만
까마득히 잊고 말았다
옛 만영영화사에서 네거필름 작업을 했다는 백부

난 장미에 취해 있었다
백석이란 장미
그의 만주 행적을 추적하는 게 여행의 목적이었지만
백석에게 쫓긴 것은 나 자신이었다

백석이 살았다는 동삼마로 35번지 황씨방은 자취도 없고
그 번지엔 주상복합건물이 들어서 있을 뿐
무슬림이 구워 파는 양꼬치 냄새가 진동하고
철공소에서 내뿜는 불꽃만 간혹 세상으로 떨어지고 있다

—이 부엌간을 지나서 그 맞은편에 토굴 같은 방이 있으니
이것이 바로 나의 거처다. 나는 언제나 이렇게 부엌간을 지
나는 것과 그 부엌간에서 욱덕거리는 여자들의 엉둥이에 스
치지 않으면 들어가지 못하는 것이 지금도 불쾌하다.

이건 백석의 말이다

백석의 친구 이갑기가 만선일보에 실은 심가기의 한 구절 ─
두 사람은 토굴 같은 방에서 살았다

35번지 앞에 쭈그리고 앉은 중늙은이가
계란 사려를 외치는 통에
겨우 생각한다는 게
계란은 러시아어로 야이쪼인데
러시아에선 야이쪼 값이 오르면 인플레가 온다고 했는데

그러다 갑자기 계란탕이 먹고 싶은 가오리빵즈(高麗放
者)의 얼굴을 하고
침을 삼키고 만다
계란(鷄卵)이 닭알이 되었다가 다시 달걀이 된 음운변화
에 연연할 때
뼈아픈 후회가 몰려든다

아무것도 남아 있지 않을 것임을 짐작했으면서도
난 왜 만주에 왔던 것일까
슬쩍 발을 빼서 만영영화사라도 찾아갔다면
이토록 후회하지는 않았을 게다

나는 백부라는 계란을
장춘에 와서 깨뜨리고 싶었는지 모른다

─   백석도 백부도 깨지기 쉬운 계란이긴 마찬가지

      푸이의 초라한 궁을 둘러볼 때도
      노먼 베순 의과대학의 웅장한 건물에 들어가서도
      온통 계란 생각뿐
      나의 집은
      깨진 계란 껍질 속이다

─

제비

저녁 반주가 길어져 하룻밤 신세를 진 새벽
오줌을 소리 낮춰 갈기고 나와 두리번거리다가 발견한
벽걸이 편지 주머니

통장 잔액을 몰수하겠다는 은행의 내용증명이 꽂혀 있다
제비집같이 생긴 주머니에 제비 대신 빚이 담겨 불룩하다
부부는 제비처럼 살고 있었다

때를 놓쳐 남녘으로 날아가지 못하고
둥지를 튼 그 입 모양이
서로 먹이를 물어다 넣어주는 부리처럼 노랗게 물들어 있
었다

자동차가 있는 풍경

자동차는 암수 구별이 없어 좋겠다
구질구질한 연정에 가슴 앓을 필요도 없이
앞뒤에 번호판을 생몰연대처럼 붙인 이 사물의 운명이
그렇게 일목요연할 수 없다

지금은 모든 교통이 정지된 새벽 두시의 창가
노란 은행잎을 무진 이고 있는 갓길 주차 대열이
신전 앞에 엎드린 제사장처럼 거룩해 보인다

죽은 듯 멈춰 있다는 것이 살아 움직이는 것보다 준엄해
보인다
경적을 울리며 최대 시속으로 달려보는 꿈을 잠시 접은
저 바퀴 달린 사물들
복잡한 내연기관과 전기장치가 인간을 닮아 있다
게다가 고독을 감내하는 의젓한 자세라니

깜박 잊고 끄지 않은 자동차 전조등이
새벽 두시의 내 눈동자 같다
은행잎에 덮인 채 은밀하게 엎드려 있는 고독한 친구들

인간의 배역과 자동차의 배역이 다르지 않다
네 바퀴든 두 다리든
이제 곧 깨어나 어디론가 가야 하는

이 새벽의 배역에 목이 멘다
캬브레타 타는 냄새가 난다

곰팡이의 하루

천장 아래 벽지가
까맣게 썩고 있다
처음엔 눈에 띄지 않는
아주 작은 점이
하루하루 부패하고 있다
며칠 뒤 뜯어본 벽지 안쪽이
흥건하게 젖어 있다
이걸 고치려면 지붕을 뜯어야 하는데
이 문제가 하나의 생애가 될 것이라는 불길함이
까만 벽지에 붙어 있다
곰팡이의 하루는 나의 하루
점점 크게 번지는 곰팡이가
나와 대화하기를 원한다는 걸
알게 된 어느 날
까맣게 번져드는 벽지와 더불어
지붕을 두들기는 빗줄기의 도래에 대해
우리 모두에게 닥칠 수 있는 불길함에 대해
나에겐 부패지만 너에겐 생명이라는
이율배반을 사이에 두고
어느 순간 움터
평생을 지배하는 그리움이
까만 벽화로 번지고 있다

한 정거장을 가는 동안

오늘은 올 들어 처음이라는 영하의 출근길
나는 여기서 세 단어를 떼어낸다
오늘 영하 출근길
그걸 연결하는 단어는 아침이다
내가 아침에 간섭한다면
버스에 앉아 졸고 있는 젊은 처자의 품새다
바퀴가 있어 볼록 솟구친 의자에 앉아
무릎 관절을 꺾은 채 웅크리고 있다
봉긋한 두 개의 가슴이
허벅지에 짓눌려 있다
처자는 꿈속에서 한 마리 혹등낙타가 되어
사막을 건너고 있는 것이다
헝클어진 머리카락에 가려
얼굴은 보이지 않는다
발은 새처럼 자그맣고
꼭 쥔 손은 앙상하다
까만 구두가 전족처럼 작다
구두끈 매듭이 나비 문양이다
가슴이 있다는 게
꿈을 꾼다는 게
인간일 수밖에 없다는 게
슬픈 아침이다

인간에 대한 독서

눈동자보다 더 깊은 우물은 없다는 사실을 알아가는 요
즘이다
누군가의 슬픔을 읽는 인생이라는 독서
학교 앞까지 따라와 어린 자식을 등교시키는 동네 새댁
의 서성거림에서
나와 어린 자식과 새댁이 결합된 제3의 인간이 읽힌다

두 사람을 멀찌감치 지켜보는
주춤주춤 돌아서는 내 시선의 요동 속에서
왜 태어나고 죽는 되풀이가 계속되는지
수많은 선조들의 죽음을 떠올릴 필요도 없이
나의 최후를 자식과 멀어져가는 새댁에게서 본다

누가 먼저 태어나고 누가 먼저 죽느냐는
태양과 달의 운행 속에서 나이가 드는
내게 전혀 비밀이 아니다

인생의 내벽에 있어야 할 결절은 사라지고
텅 비어 있는 이것을 무엇이라고 부를지
몸속에 갇힌 가능과 불가능을 지켜보는 일이 인간의 독
서라면
우리가 누군가의 인생을 읽는다고 할 때
삶의 내벽에 대해 먼저 이해하지 않으면 안 된다

인간을 읽어내는 독서의 여운처럼 혹은 물안개처럼
존재들이 겹쳐지다가 이내 지워지는 커튼의 나날 속에서
제3의 인간이 된다는 것

나는 누구의 애비이자 누구의 아들이자 누구의 남편인 동
시에
그 모든 것에서 벗어난 제3의 인간이 된다는 오늘의 이
야기
새댁의 눈동자에서 내가 읽은 건
존재의 내벽에 관한 지난한 독서다

내 마음의 중부지방

마지막 한 술을 뜨다 말고 사발에 물을 붓는다
사발에 잠긴 밥알 몇 개가 옛 시베리아 무당이 점을 쳤
다는
동물 뼛조각처럼 흩어져 있다

오늘은 중부지방에 강한 비가 내리겠다는 소식
중부지방이 내 마음 어디에 있는지 밥알에게 물어보고
싶다
대의(大義)를 구하자는 게 아니다
그런 건 없다
밥알이 있을 뿐

지금은 밥알이 눈을 뜨는 시간
사발 밖으로 흘러넘치는 눈빛
오늘 무슨 일이 벌어질 것인지
밥알은 이미 사발 속 형상언어로
모든 걸 보여주고 있다
다만 내가 읽어내지 못할 뿐

밥알은 사발 속에서
오후부터 쏟아진다는 강한 빗줄기를 벌써부터 맞고 있다
밥에 물을 말면서 하루를 다 살아버린 아침이다

아나키스트의 숲

뜻대로 되는 게 없는 나날의 연속이다
콧잔등이 서글프다고 느낄 새도 없이 나에 의한 나의 유
감은 계속되고 있다
나라는 존재는 꿈의 한 조각인가
내가 살아가고 있는 시대와 생각을 피해 들어온 숲속은 짙
은 그늘이 드리워져 있고 늙은 고양이 한 마리가 나무 위에
서 제 몸을 핥고 있다

축축한 숲
축축함이 고양이의 혀에서 비롯됐다는 감각의 착종이 생
겨난다
활엽수 밑에 남녀 한 쌍이 돗자리에 앉아 입술을 대보고
있다
다가갈수록 그들의 형체가 희미해지는 건
나도 한때 그런 입술이었다는 기억이 희미해서일 거다

저녁의 박빙이 시작되었고
등뒤에서 날아오르는 산새의 울음소리
숲의 적막은 오래도록 그 울음을 들어온 것처럼 더 깊어
졌다

연인들이 눈치채지 않게 다리를 건너자
앞에 검은 비석이 솟아 있다

— 비현실적인 주소처럼 뒷면에 새겨진 생몰연대
1898~1961

그 아래 장례위원장의 추모사
—그대 있어 이 나라가 무겁더니
  그대 떠나니 이 나라가 비었구나

추모사에서 혁명의 실패를 읽어내는 건 어렵지 않다
  실패 원인이 신생국가 건설에 집착했기 때문이라는 건 다
아는 사실이다

비석 앞에서는 집착을 놓아야 한다
어디에서부터 실패했을까
얼마 전 한 무정부주의자가 살았다는 상하이 구시가지의
가파른 나무계단을 올라갔을 때
천장 모서리에 오래된 거미줄이 있었다

임시정부라도 만들 것처럼
거미줄을 끊임없이 뽑던 거미는
제 거미줄에 갇혀 미라가 되어 있었다

내가 아나키스트의 잠을 이해한다고 해도
그걸 무엇이라고 부를지 알 수 없다

—

나는 비석과 인사하는 사이가 되고 만다   —

비석의 입장에서 볼 때
그걸 쳐다보고 있는 나도 입석의 자세다
나는 움직이는 비석이 되어 땀을 흘린다

—

시작과 끝

큰아버지를 묻고 와서
아버지에게 장례식에 다녀왔다고
몇 번이나 말했지만 아버지는 알아듣지 못한다

잘 계시디?
일부러 딴청을 하는 것처럼
아버지는 발밑에 드리운 그림자를 물끄러미 바라볼 뿐

살아생전 두 분이 상봉을 했다는 게
다행인지 불행인지 모르겠다

부른다이의 흙먼지가
현관에 벗어놓은 내 신발에 묻어 있을지라도
큰아버지의 죽음은 아버지에게 너무 멀리 있는 그늘이다

잘 계시디?
그 말처럼 누군가를 완전히 놔버리는 언어를
나는 아직 알지 못한다
큰아버지가 여전히 살아 있는 것처럼 말하는
아버지의 방식

큰아버지의 장례식은 결국
아버지의 거실에 돌아와 끝날 것임을

나는 짐작하고 있었고
모든 건 짐작대로 되었다
그렇더라도 가끔은 모든 게 너무 생생해서
현실 같지 않다

갑자기 귀가 간지러운 게
알마티에서 누군가 내 말을 하는 것 같고
내 품안에서 누군가 마지막 숨을 내뱉으며
눈을 감는다

톈산의 사랑

—포앗 압델 살람 모하메드 아흐메드 엘 카진달
내가 모르는 이름이었다
알마티에서 야나가 얼굴을 붉히며 들려준 이름

이름을 아주 천천히 발음하는 것만으로도
야나가 그를 깊이 사랑하고 있음을 알고
나는 무척 행복했다
죽은 조상들이 끝없이 나열될 것만 같은 이름

이집트에 살고 있어
1년에 한 번 얼굴을 보는 사이라고 했다
20년 가까이 이어져오는 사랑
야나는 마흔아홉
카진달은 예순하나

모든 것이 세월에 의해 줄어들고 수축된다 해도
둘의 사랑은 변하지 않을 것 같았다
타인의 사랑을 듣는 것만으로도
행복한 미소를 짓게 될 줄이야

사랑은 그토록 긴 이름과 먼 거리를 요구하는지도 모른다
만질 게 하나도 없는
오랜 부재의 사랑

그렇다면 내 사랑은
내 노래는
내가 염원한 모든 것들은

내 안은 텅 비워져
아무 말도 할 수 없었다

톈산이 두 사람의 사랑을
내려다보고 있었다

수취인 불명

갔다가 되돌아오는
편지가 있다

나는 한 통의 편지가 되어
카자흐스탄 알마티에 도착했으나
큰아버지는 부른다이 공동묘지에 묻힌 지
이미 일주일
관을 꺼내 편지를 전달할 수도 없는
수취인 불명 상태

나는 도착지 우체국에서 찍어준
반송 도장을 몸에 박은 채
사막으로 변하고 있는 공동묘지의 흙을
발로 차본다

언젠가 북쪽으로 가면
노래하는 사막이 있다고 들려준 이는
큰아버지였다
사막의 모래언덕이
초승달처럼 바람에 벼려지고 나면
목청을 뽑는다고 했다

낙타를 타고 가던 실크로드 대상(隊商)들이

그 노래에 홀린 채 점점 깊은 사막으로 들어가
길을 잃고 만다는 모래언덕, 그 죽음의 장난

나는 모래언덕의 각도며
풍향이며 풍속이 궁금했지만
묻지 않았다
내 앞에 앉아 있던 큰아버지가
모래로 만들어진 사람이었기에

그가 움직일 때마다
같은 모양 같은 용량의 모래들이
따라 움직이는 것 같았다

어릴 때 모래밭에서
지남철에 까만 쇳조각이 들러붙던
기억이 난다

큰아버지의 몸에 들러붙었던
슬픔의 조각들은
차마 땅에 묻히지 못한 채
묘지 부근에 흩어져 있었다

모든 건 편지 한 통에서 시작되었다

— 1987년 봄 알마티에서 온 편지

사람을 찾습니다
나는 아무개라고 합니다
누구누구는 아직 살아 있습니까

사람은 찾아졌고
누구누구는 아직 살아 있었다

이제 내가 편지가 되어 날아들었지만
그는 가고 없다

나는 묘지 관리인에게 묻는다
예서 북쪽 사막까지는 얼마나 됩니까
오래전 큰아버지가 그랬던 것처럼
손가락으로 북쪽 어느 하늘을 가리키며

나, 수취인 불명의 편지는
그 하늘 아래로 빨려들어갈 듯
퍼덕퍼덕 들썩이고 있다

나는 사과를 더 깎아야 한다

칠판에 적힌 apple
애플은 에이·피·피·엘·이라는 다섯 조각으로 분절되
어 있다
연습장 한가득 써보던 apple, apple은
사과 냄새도 나지 않고
볼펜 똥만 군데군데 비료처럼 흩어진 인공 과수원 같았
는데

지금까지 사과는커녕 사과꽃 구경도 하지 못했다
내가 원하는 사과는 녹색 아오리였을까
빠알간 부사였을까
단맛과 신맛이 적절하게 감도는
apple의 과즙이 혀끝에 얹혀지는 이 사소한 철자의 배열이
좌절한 진보나 플라톤의 이상국가보다 더 희망의 품종이다

knife에서 k가 묵음이라는 사실로 인해
발음되지 않는 철자가 있다는 게 한때
지구상에 존재했다가 사라졌다는 아틀란티스 문명이라도
된다는 듯

시도 때도 없이 아무 교과서 귀퉁이에다
knife를 무수히 써놓고 이번에도 케이·엔·아이·에프·이
라고 속으로 뇌어보면서

―　knife, 나이프, 칼 가운데 선택해야 하는 건 어떤 검(劍)인지
　검(劍)을 정하는 마음의 포즈 따위를 떠올리곤 했는데
　apple과 knife라는 두 단어를 습관처럼 붙들고 살았던 것은

　내 경향성의 문제라는 그런 얘긴가?
　어디서부터 잘못됐는지……
　그보다는 평생을 깎아도 다 깎여지지 않는 그 무엇……
　apple과 knife 사이에 낀 소년적 취향 혹은 소녀적 취향……

　그러니까 이게 내 언어적 취향이라는 사실 앞에서
　그때 그 시절의 칠판으로 돌아가 있다
　　―따라해보세요, 에이·피·피·엘·이, 케이·엔·아이·에프·이
　우리나라에만 있는 철자 암기법

　나는 사과를 더 깎아야 한다
　언어의 껍질이 끊어지지 않게
　knife를 쥔 채
　나이프를 쥔 채
　이 빠진 칼을 쥔 채

악마와 함께 춤을

전철희(문학평론가)

정철훈의 시는 명료하고 호방하다. 언어적 질감과 생동성의 차원에서 보자면 그것은 저잣거리 필부의 말과 딱히 구별되지 않는다. 한데 이 간간한 언어는 투박한 껍질 속 알을 감춘 진주처럼 심원한 통찰을 머금는다. "현재가 과거를 위해 무엇을 기원할 수 있다는 형식상의 모순이 또다시 마찰을 일으킨다"(「왼쪽 복숭아뼈에 관한 슬픈 오마주」)나 "예언자는 타성에 깃들어 태어난다는 말을/ 비로소 나는 믿는다"(「1941년 회봉골 사진」) 같은 경구를 보라. 질박한 단언조의 언명이 난해하고 비의적인 사유를 담아낸다.

이런 내용과 형식의 불일치는 얼마간 시인의 이력에 연원을 둔다. 정철훈은 광주에서 태어나 소련의 해체 이후 본토에서 러시아 관련 학위를 받았다. 이 사실은 최소 3개의 역사적 사건과 겹친다. 1950년 촉발된 동족상잔의 비극은 그의 아버지를 이산가족으로 만들었다. 한 세대 이후 시인의 고향은 미증유의 살육을 겪었다. 다시 강산이 변할 때쯤이 되니 천년왕국으로 보이던 '현실 사회주의'가 패퇴했다. 앞의 두 개가 사회적 폭력의 결과였다면 뒤의 하나는 파편적 경험을 꿰어낼 총체적 시각의 증발로 이어졌다. 역사는 그의 혈육을 없애고, 고향을 정치적 변방으로 밀어냈으며, 시대로부터 이념적 좌표를 앗아갔다. 전망이 보이지 않는 세상에서 정철훈은 새로운 역사를 추출하려 한다. 그에게 역사는 순국선열과 노동자의 피와 땀이 한강의 기적과 민주화로 이어졌다는 식의 발전론적 도식과 무관하다. 반대로 그

는 그런 낙관적 역사관이 지워낸 방외인의 목소리를 한데
모으는 일에 매진한다.

　물론 정철훈의 시는 특정한 지역 정서의 산물이 아니다.
일련의 역사적 흐름이 그의 시를 주조한 부채의식이 되었
을 수는 있겠으나, 『빛나는 단도』는 광주나 러시아와 관련
된 소회를 거의 드러내지 않는다. 역사를 서술할 때 가장 먼
저 확인할 것은 당파성 곧 저자의 명확한 주관적 입장이다.
명민한 시인은 웅숭깊게 스스로의 내면을 주시한다. 그리고
자신에게 시가 무엇인지를 묻기 시작한다.

　　문자에 대한 인내를 실험하는 게 독서라면
　　문자를 해득하기 전의 나를 규명하는 일은 그래서 이
　유 있음이다
　　　　　　　　　　　　　　　　　─「독서의 습관」 부분

　시를 쓸 때 언어(문자)의 절차탁마는, 물론 핵심적인 문
제 중 하나이다. 하지만 정철훈은 그보다 '나'의 재귀적 규
명 쪽에 판돈을 건다. 『빛나는 단도』는 화려한 수사적 성찬
을 지향하지 않는다. 화려함은 과장과 애매성을 수반하고
현실과 차폐된 경우가 많다. 그것은 다층적 사유를 적확하
게 전달하려는 시인에게 미덕이 아니다. 정철훈의 강건한
말투가 사상적 고투의 흔적이라면 그 궤적을 복기하는 것보
다 충실한 독해법을 상상하기는 힘들다. 이 글이 그 작업에

기여하기를 바란다.

*

    고전적인 시학에 따르면 서정시는 주체와 타자의 조응을
육화(肉化)한다. 구태의연하고 추상적인 장르론으로 보일
소지가 역력하지만 정철훈의 시를 읽을 때는 얼마간 유용한
참조점이 된다. 이번 시집이 타자를 대하는 태도는 확실히
유별나고 고집스러운 데가 있다.

> 대학 휴학중인 조카를
> 서강대교 근처 빵집에서 만났다
> (……)
>
> 내가 만난 조카는
> 과거의 조카이거나 미래의 조카이거나
> 혹은 동시에 존재하는 둘 다이기도 했다
>
> 빵집에서
> 조카는 빵이며 냉커피였고
> 혹은 초콜릿을 듬뿍 바른 생일 케이크였다
>
> 동시성으로 말하자면

146

방금 전 내가 버스로 건너온
서강대교도 조카요
길 맞은편에 좌판을 벌인
중년 아낙의 하품도 조카다

(……)
조카의 뒷모습에서
모든 것은 재발견되고
내가 버스 정류장으로 발걸음을 옮기는 순간
모든 것은 무참히 사라지고 만다
　　　　　　　　　　　　—「증발하는 조카」 부분

　화자에게 "조카"라는 단어는 현실 속 조카의 전유물이 아
니다. 그 고유명사는 "과거의 조카이거나 미래의 조카이거
나/ 혹은 동시에 존재하는 둘 다"이고 "빵이며 냉커피였고/
혹은 초콜릿을 듬뿍 바른 생일 케이크"이며 또한 "서강대
교"나 "좌판을 벌인/ 중년 아낙의 하품"이다. 화자는 도처
에서 조카를 만나고 헤어지며 심지어는 "과거의 조카이거
나 미래의 조카"의 잠재적 형상까지도 마주한다. 실재하는
대상을 넘어 그것의 가상태를 승인하는 태도는 타인의 다양
한 측면을 조우할 수 있게 만든다. 물론 삼라만상에서 타인
의 형상을 발견한다는 것이 곧 그와의 진정한 소통은 아니
라는 반문도 가능할 것이다. 아예 일리가 없는 말은 아니지

만 타인과의 '진정'한 관계맺음이라는 것이 실재할 수 있는지는 의문이다. 기술 문명의 발전이 진솔한 인간관계를 가로막는 상황에서 이런 질문은 충분히 의미가 있다. 하지만 더 중요한 것은 범신론적 타자관이 시인에게 새로운 사유의 지평을 열어냈는지의 여부일 것이다. 이제 우리는 다음 작품의 논의로 넘어간다.

> 단둥으로 간다
> 장춘에서 심양을 거쳐
> 사람을 찾아서, 백석이라는 시인
> 9월 햇살에 들판은 깜박 졸고 나는
> 침대기차 선반 위 물통에게 말을 건다
>
> 언제부터 그곳에 있었는지 알 수 없는 물통
> 입이 살짝 튀어나왔지만 과묵하게 생긴 물통
> 외로울 때마다 물 따르던 기억을 떠올릴 것만 같은 물통
> 네가 차라리 백석이다
>
> (……)
>
> 만날 수 없다는 것은 자명한 사실
> 닿을 수 없음으로 인해
> 나는 여전히 물통씨를 찾아가는지도 모른다

물통씨는 어떤 비유의 흔적도 남겨놓지 않았기에
단둥에 접근할수록 내 가슴은 설명할 수 없는 균열이
생기고
언제나 배가 고프다
물통씨가 열거한 그 많은 먹거리 덕분에
번역될 수 없는 우리말 고유명사 덕분에

(……)

지금 내 곁에는 간이침대에서 쪽잠을 자는 수많은 물통
들이 있다
국가라는 수수께끼와 숨바꼭질하는 사람들
여권을 지니고 있는지 몇 번이나 확인하는 나도 그중
한 사람
단둥에 가도 아무도 기다리지 않을 것이기에
단둥은 어디에나 있다
　　　　　　　　　　　　　—「단둥으로 가는 물통씨」부분

　지금껏 정철훈은 만주와 러시아 등에 거주했던 망명가와
문인을 향한 존경과 흠모를 내비쳐왔다. 특히 백석은 한국
근대시사(詩史)를 통틀어 가장 뛰어난 문인 중 한 명이요,
일제 말기부터 북한의 정권이 수립되는 과정까지 이래저래

149

절필을 강요당한 비극적 방외인이다. 자발적 망명자이며 시인이기도 한 정철훈이 그에게 애틋한 관심을 표한 것은 자연스러운 일로 보인다. 한데 이 시편은 "많은 먹거리"나 "번역될 수 없는 우리말 고유명사"와 밀접한 관계를 맺었다는 암시 이외의 백석과 관련된 묘사를 일절 생략한다. 그럴 수밖에 없었으리라. 백석은 "어떤 비유의 흔적도 남겨놓지 않았"고 따라서 "단둥에 가도 아무도 기다리지 않을 것이"다. 이 시편의 짝패인 「심가기(尋家記)」는 실제로 장춘에 가보니 "백석이 살았다는 동삼마로 35번지 황씨방은 자취도 없고/ 그 번지엔 주상복합건물이 들어서 있을 뿐"이더라는 허망한 감상을 읊어낸다. 고인의 삶에 공명할 방책조차 찾기 힘든 상황인데, 말할 수 없는 것에 대해 침묵하라는 누군가의 금언을 따르는 것 외에 무슨 행동이 가능할까.

시인은 이 대목에서 변증법적 사유의 힘을 빌려 비상한다. 단둥이 백석을 표상하는 특권적 기표가 아니라면 다른 모든 사물 역시 단둥 못지않게 백석을 기리는 제물(祭物)이 될 수 있다. 가령 침대기차의 물통이 '백석'이라 불린다 해도 문제될 것은 없다. 물론 이때 '백석'이라는 고유명사의 문학사적 무게나 경건함은 어느 정도 감소된다. 하지만 누군가 백석을 기억할 매개를 하나 늘린다면 그 정도의 희생은 충분히 감내할 만한 것이다. 물통에서까지 백석의 흔적을 읽어내려는 노력은, 최소한 고인의 생가 앞에서 그를 이해했다고 쉽사리 단언하는 것보다야 여러모로 진지한 추모

방식으로 보인다.

"단둥에 가도 아무도 기다리지 않을 것"으로부터 "단둥은 어디에나 있다"로의 도약은 변증법적인 것이다. 부재의 징표를 현존의 증거로 고양시킨 작업이라는 점에서 그러하다. 시인의 촘촘한 사유는 백석을 구체적 사물로 현현한다. 물론 물통은 『사슴』을 상재하고 「흰 바람벽이 있어」를 발표한 시인의 분신이 될 수 없다. 반대로 '백석'은 그 이름의 본래 주인이던 망자의 부재를 환기하고 그에게 비극적인 삶을 강요한 근대사를 함축하는 기표가 된다. 다른 시편에서 정철훈은 자신을 "흔들어놓은 것은/ 그렇게나 멀리 있는 사물이며 사물들의 이름이"(「표류하는 것들과 함께」)라고 단언한다. 고유명사는 구조의 산물이며 자명한 의미가 없다. 그것에 대한 숭배는 사회적 관계가 부여한 의미를 자연적인 가치로 오인하는 물신주의(Fetishism)와 얼마간 유사한 태도로 보인다. 하지만 정철훈의 시는 정확히 그와 반대되는 효과를 야기한다. 백석이라는 고유명사가 다른 사물로 전이될 때 그 이름이 기입된 사회적 의미망은 일관성을 상실한다. 그 균열은 백석을 억압적 역사로부터 빼내 현재적 지평으로 소환할 매개가 된다.

앞의 작품 속 화자는 "여권을 지니고 있는지 몇 번이나 확인"한다. 조국의 위대한 선배 시인의 흔적을 따르는 데 승인과 허가가 필요하다니, 아이러니한 일이 아닐 수 없다. 다소 과장을 섞어 말하자면, 식민지 시절 독립운동가들과 지

사들이 국경을 넘을 때 느꼈을 법한 곤궁은 여태 건재한 것도 같다. 이 상황에서 변증법은 다시금 "국가라는 수수께끼와 숨바꼭질하는 사람들"의 공동체를 발굴한다. 국가는 항용 사회로부터 배제된 이들을 양산하면서도 그들의 자유로운 월경(越境)은 가로막는다. 정철훈의 변증법은 국경과 시간의 장벽을 넘어 역사의 변방으로 쫓겨난 이들을 초혼(招魂)한다. 마침내 사회의 주변부서 숨죽이던 이들은 하나의 공동체를 이룬다. 그것은 여전히 너절한 시대에 "왜 우리가 지금까지 살아 있어야 하는지"(「모스크바 베르나드스코보 37번지」)를 설명할 근거가 된다. 물론 여기서 요지는 백석이 현재로 소환될 수 있다는 것이 아니라, 반대로 그가 이미 무망한 삶을 마쳤다는 사실에 있다. 정철훈이 구상한 '상상의 공동체'는 특정한 지역이나 망자가 아닌 시인 자신의 사유에 뿌리를 둔다. 그런 점에서 정철훈을 단순히 복고적 북방정서의 후계자 정도로 규정하던 기존의 평가는 재고되어야 한다. 망자를 현재적 지평으로 통합하는 거대한 진혼제를 거친 뒤, 그것으로부터 초연해진 듯 시인은 독자적인 시적 지평을 열기 위한 새로운 여정을 모색한다.

*

내가 나를 타고 가는 이 불편한 승차감
인식하는 순간에 두 개로 쪼개지는 이 존재감

모두 마법에 걸려 있다
나에게로 가는 길이 지워져 있다

　　　　　　　　　　—「나의 등은 없다」 부분

　화자는 뭔가 "불편한 승차감"을 느낀다. 그의 당혹감은
이내 "나에게로 가는 길이 지워져 있다"는 음울한 인식을
불러일으킨다. 시인의 불안은 높은 이상으로부터 비롯된다.
그는 매 순간 자유를 꿈꾼다. 가령 그가 "누구의 애비이자
누구의 아들이자 누구의 남편인 동시에/ 그 모든 것에서 벗
어난 제3의 인간"(「인간에 대한 독서」)을 희망할 때 그것은
가족과 혈육을 내팽개치고 싶다는 가장의 투정 따위가 아니
며, 가장 내밀한 공동체마저 거부할 만큼 결연히 자유를 동
경한다는 표현으로 읽힌다. 하지만 시공을 초월한 피억압자
의 공동체는 또한 본인을 둘러싼 사회의 내벽(內壁)을 자각
할 때에만 가능하다. 새장이 편한 새는 바깥을 꿈꿀 수 없
는 법이다. 해방을 향한 염원은 이상과 현실 사이의 격차를
가시화한다. 궁핍한 현실을 마주하며 시인은 내면에 잠들어
있던 악마를 깨워낸다.

　호적을 정리하고 독생자가 되라고 종용하는
　악마의 얼굴을 나는 가끔 거울 속에서 만난다
　(……)

7년 뒤 세 명의 백부 가운데 한 사람이 돌아왔을 때
그는 살아 있는 게 아니었다
관뚜껑을 열고 돌아온 유령
그때부터 난 매일매일 관뚜껑을 열고 그 속에 들어가
눕는다
그러면 어김없이 세 유령이 나타나 관뚜껑에 대못을 친다

나는 손톱으로 관뚜껑을 긁으며 쓴다
─천사는 천지창조 이후 떠나고 없는 존재이므로 악마
만이 나의 선(善)이다
내 손톱엔 늘 피가 묻어 있고
손톱을 깎을 때마다 악마의 웃음소리를 듣는다
　　　　　　　─「한 번의 지옥과 세 번의 비가(悲歌)」 부분

　『빛나는 단도』에서 심상치 않게 보이는 가족사 관련 시편
중 하나인데 해석이 어려운 작품은 아니다. 한국전쟁의 한
복판에서 화자의 아버지가 형제와 헤어진다. 시편은 이들이
월북한 것인지 납북된 것인지를 분명히 짚고 넘어가지 않
는다. 그러나 어느 쪽이든 이 형제의 이별이 끔찍한 전쟁의
산물임은 변함이 없다. 아버지는 생사여부가 불투명한 형제
의 사망신고를 주저한다. 끈끈한 우애로 역사적 상흔을 치
유 내지는 외면하려는 아버지와 달리 화자는 스스럼없이 백
부의 사망을 받아들인다. 「단둥으로 가는 물통씨」로 추측건

대 그의 매정함은 망자의 죽음을 엄밀히 받아들일 때에만
과거의 역사적 의미를 가시화시킬 수 있으리란 인식에 근거
를 둔다. 화자의 아버지가 사망신고를 꺼린 것은 온정과 형
제애의 발로였을지언정, 한국전쟁의 미증유한 비극성을 얼
마간 희석시킨다. 그들의 운명을 인정해야만 아버지 세대의
참상을 현재화시킬 여지가 생긴다.

하지만 이 작품에서 정말 주목할 부분은 따로 있다. 화자
는 "호적을 정리하고 독생자가 되라고 종용"한 내면의 목소
리를 악마라고 불렀다. 악마는 화자의 안온함을 위한 타협
적 현실원칙 따위와 거리가 멀다. 그의 준동을 따른다고 화
자에게 득 될 것은 없다. 반공사회에서 삼촌이 '빨갱이'일
가능성은 그다지 달가운 것이 아니고, 조상의 죽음을 확언
할 때 근거 없는 패륜적 죄책감이 그를 엄습한다. 그럼에도
화자는 악마를 수용하고 그로부터 파생될 죄의식을 겸허히
받아들인다. 그것이 승화될 때만 역사적 진실로 다가갈 수
있음을 시인은 알고 있다.

전철에서 쏟아져나온 사람들의 무릎에서
기역자가 읽히다가 사라진다
기역에서 그리움이란 말이 떠오르고
인간은 그리움이다, 라는 말이 성립되려다 말고
휴지통에 버려진다

사람들이 하루종일 지껄인 말들이 버려지는
공동묘지가 있는 것 같다
전철이 지나갈 때마다 교각은
이미 폐기처분된 말들을 털어내려는 듯 진동한다

밖은 속수무책 어두워지고
삼지창에 뿔 달린 악마가 휴지통을 뒤져
죽은 언어를 부리며 놀다가 그걸
사람의 혀에 올려놓고
어떻게 발음하는지 지켜보고 있는 것 같다

(……)
아니면 나는 그것이 악마의 언어학이라고 생각한다

악마가 내 등뒤에서 미소를 머금고 있을지라도
그 말은 영혼을 간직하고 있어
마침내 주인을 찾아간다는 그런 것
　　　　　　　　　　　　—「눈물이라는 말의 탄생」 부분

　각종 스펙터클이 언어의 권역을 침범하는 시대이다. 몇몇
은 역사의 유효성을 의심하고 몇몇은 근대문학의 종언을 단
언했다. 시인은 언어의 "공동묘지"를 의식하면서도 "말은
영혼을 간직하고 있어/ 마침내 주인을 찾아"가리라는 믿

음을 피력한다. 이 믿음은 시인이 투명하고 직설적인 언어를 고수하게 만든다. 세련된 표현은 당대의 언어적 풍요성을 고양하는 작업에 일조하지만 스스로를 일상어로부터 고립시키기도 한다. 정철훈은 민중의 몸에 각인된 언어를 추려낸다. 그중에는 너무 흔해빠져 더이상 빛을 발휘하지 못하는 말도 있을 것이다. 하지만 그것이 시인의 통찰을 담아낼 때 피억압자의 공동체는 조금씩 윤곽을 갖춘다. 새로운 세계의 기틀을 다지는 작업이 같은 논법에 따라 악마의 역사학을 정의할 수도 있다. 아무도 거들떠보지 않는 황량한 과거에서 연대의 실마리를 발굴하고 비루한 현실 위 미래를 향한 언어적 반석을 축조하는 작업. 물론 이는 『빛나는 단도』의 궁극적인 지향점이기도 하다.

이전 시집까지 정철훈은 유목민적 상상력을 발산하는 데 공력을 기울였다. 반면 『빛나는 단도』는 시의 역할에 관한 존재론적 규명으로 수렴한다. 모든 시론(詩論)은 지금껏 발표된 작품의 갈무리이며 앞으로 쓰일 작품을 마름질하는 시론(試論)이다. 지난한 통찰 끝 시인은 악마와의 동일화를 시도했다. 악마는 위악성의 표상이다. 지금껏 악을 자처한 시인은 적지 않다. 『악의 꽃』의 작가 보들레르는 근대에 대한 심취에도 불구하고 사회와의 드잡이를 방기한 적이 없다. 그에게 '악'은 당시에 이미 몰락의 징후를 보이던 시대와의 대결의식을 함축한 표식이었다. 하물며 근대의 황혼이라는 지금 시작(詩作)이 빚어낼 사회와의 불화는 능히 짐작

할 만하다. 이래저래 먹고살기 힘든 시대이다. 많은 지식인이 사회의 문제점들을 지적했다. 하지만 체제의 질곡을 넘어설 묘수를 제시하는 사람은 드물다. 정치적으로 올바른 목소리를 내는 것은 쉽지만 그에 대한 근본적 대안은 묘연하다. 견고한 사회는 웬만한 저항에 눈 하나 깜빡하지 않는다. 정철훈은 일관되게 사회적 질서와 길항하는 악마를 시적 페르소나(Persona)로 세운다. "천사는 천지창조 이후 떠나고 없는 존재이므로 악마만이 나의 선(善)"이라는 단언은 역사의 종언이라 불리는 시대와 타협하지 않겠다는 의지의 표상이다.

그렇다면 이것을 정말 악마라고 부를 수 있을까. 정철훈이 악마라 명명한 것을 오래전 벤야민은 천사에 빗댔다. 그에게 파울 클레의 그림 〈새로운 천사〉(1920)는 과거의 잔해를 그러모아 망자를 변호하고 역사적 파국을 가로막는 역사적 유물론(「역사의 개념에 대하여」, 1940)의 비유였다. 그것이 천사인 까닭은 근본적 해방을 가능케 하는 유대교적 신의 형상을 지녔기 때문이다. 새로운 공동체의 기틀을 놓는다는 점에서 정철훈의 악마는 차라리 신이나 천사에 가까운 역할을 한다. 내친김에 말하자면 벤야민은 같은 글에서 역사적 변증법을 또한 자동기계(Automaton) 속에 숨어 모든 체스게임을 승리로 이끄는 꼽추 난쟁이에 비유했다. 정철훈 역시 표제작에서 "꼽추 친구"를 언급한다는 사실은 기묘한 우연으로 보인다.

난 가끔 손재주 많은 꼽추 친구를 가졌으면
좋겠다고 생각해요
평생을 집시 무리에 끼어 세상을 유랑하다
폭삭 늙어버린 그런 꼽추 말이에요

(……)

유랑극단에서 피에로로 잔뼈가 굵고
어깨엔 우리를 빠져나온 사자에게 물린 상처가
훈장처럼 새겨진 그런 꼽추 말이에요

우리는 어느 날 한눈에 상대방을 알아보고
친구가 되는데 그 기념으로
서로의 비밀 주머니에서 빛나는 단도를 꺼내
손바닥에 십자가를 긋고 피를 섞어
의형제가 된 것을 축하하는 그런 꼽추

그렇더라도 우리가 오래 붙어 있을 운명은 아닐 테니
내 소원은 꼽추보다 먼저 숨을 거두는 것
어느 날 내가 누군가에게 칼을 맞고 죽어가고 있을 때
우리의 빛나는 단도를 꺼내 아예 목숨을 끊어놓기를

(……)

   럼주 세 통을 따서 여기 있는 모든 사람들의 잔을 채워요
   빛나는 단도가 아직 잠자고 있을 때 실컷 마셔보자고요
                       ―「빛나는 단도―비비안나에게」 부분

   이 작품에서 가장 먼저 이목을 집중시키는 것은 부제 속
청자 "비비안나"의 존재이다. 그(녀)가 실존 인물인지 허구
적 대상일지를 가늠할 근거는 없다. 그리고 어느 쪽이든 작
품의 독해에는 큰 영향을 끼치지 않는다. 차라리 중요한 것
은 "유랑극단에서 피에로로 잔뼈가 굵"었으나 "평생을 집
시 무리에 끼어 세상을 유랑하다/ 폭삭 늙어버린" 꼽추의
존재이다. 그는 어느 곳에도 정박지 않고 자유롭게 춤추며
인생을 즐길 줄 아는 탕자이다. 화자는 그와 "서로의 비밀
주머니에서 빛나는 단도를 꺼내/ 손바닥에 십자가를 긋고
피를 섞어/ 의형제"를 맺고 종국에는 그가 자신의 "목숨을
끊어놓기를" 바란다.
   꼽추는 안데르센의 동화 속 '빨간 구두'처럼 평생 웃고 즐
기며 춤을 추게 만드는 충동을 육화한다. 충동은 본래 죽음
의 영역에 맞닿아 있다. 프로이트에 따르면 사람을 살아가
게 만드는 힘은 고통과 불편을 회피하려는 쾌락원칙과 그
것을 억압하는 현실원칙이다. 그런데 가끔은 무언가를 향한
갈망이 현실의 이해관계를 벗어나는 지점까지 나아갈 때가
있다. 프로이트는 이 기제를 죽음충동(Death drive)이라 불

렀다. '죽음'이라는 접두사가 암시하듯, 충동은 신체적 욕구나 사회적 책임으로부터 벗어날 때까지 자기증식한다. 결국 그것은 주인의 숨통을 끊어놓는 단도(短刀)가 된다.

　죽음을 각오한 충동은 세상이 어떻게 돌아가든 쾌락만 탐닉하겠다는 퇴폐주의가 아니다. 사실 가장 큰 충동의 구현체는 바로 이 세계이다. 그것은 어떤 정합성도 없이 조금씩 개악하며 타성에 따라 질긴 명줄을 이어가고 있다. 시인의 충동은 거대한 사회적 폭력으로부터 벗어날 자기윤리를 정초한다. 한데 전 시대 아나키스트 에마 골드만(Emma Goldman)이 말했듯 스스로가 춤출 수 없다면 혁명이 아니다. 시인은 비관과 연민 등 스스로를 얽어맨 사슬을 벗어던지고자 자기혁명에 나선다. 그의 결의는 억압받는 이들의 신명나는 난장을 꾸린다. 이 모습은 우리가 다시금 변증법을 생각하게 만든다. 불안과 죄책감의 묵시를 악마와 꼽추의 흥겨운 향연으로 바꿔내는 시인의 기예를 형언하기에 그보다 적합한 어휘는 없기 때문이다.